KB078541

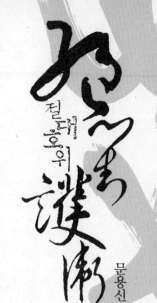

절대호위 護衛

문용신 新무협 판타지 소설

FANTASTIC ORIENTAL HEROES

절대호위 6

문용신 新무협 판타지 소설

초판 1쇄 찍은 날 § 2014년 6월 5일
초판 1쇄 펴낸 날 § 2014년 6월 12일

지은이 § 문용신
펴낸이 § 서경석

편집책임 § 한준만

펴낸곳 § 도서출판 청어람
등록번호 § 제1081-1-89호
등록일자 § 1999. 5. 31
어람번호 § 제2-2594호

주소 § 경기도 부천시 원미구 심곡2동 163-2 서경B/D 3F (우) 420—822
전화 § 032-656-4452 팩스 § 032-656-4453
http://www.chungeoram.com
E-mail § chungeorambook@daum.net

ISBN 979-11-04-90262-8 04810
ISBN 979-11-316-9156-4 (세트)

절대호위

護衛

6

문용신 新무협 판타지 소설

FANTASTIC ORIENTAL HEROES

도서출판
청람

第一章

광란(狂亂)

천하무림이 다 적이 되어도 상관없어요.

오직 그만 있으면 돼요.

—극월세가 편가연

　외수는 구대통의 장공을 일부러 피하지 않았다. 그것이 자신의 의지였고, 이 싸움에 죽을 수 없다는 각오였다.

　오히려 당황한 쪽은 무림삼성이었다. 설마 외수가 자신들을 역으로 받아쳐 올 것이라곤 티끌만큼도 생각하지 않았었기 때문이다.

　검을 뽑은 외수.

　"기다려!"

　엄중한 얼굴의 무당제일검 무양진인이 나섰다.

　"이해가 되지 않는군. 우릴 향해 먼저 검을 들이대는 놈이 있다니. 더구나 머리에 피도 마르지 않는 녀석이."

구대통이 그에 대한 답을 하며 비꼬았다.

"저놈이기에 가능한 일일 테지. 분수를 모르는 게 아니라 제 피에 흐르는 능력 때문에 두려움 따위를 아예 느끼지 못하는 게야. 상대에게 질 수 있단 생각보단 싸워 꺾어 넘어뜨리겠단 투지가 더 강한 놈! 오히려 잘된 일이야. 이런 저런 고민할 필요도 없고!'

신선 같은 풍모의 무양이지만 이 순간 외수를 노려보는 눈은 야수와 다를 게 없었다.

"네놈을 죽이는 건 어렵지 않다. 그러나 그전에 네놈만이 알고 있으니 낭왕의 죽음에 대해 알고 넘어가야겠다. 말해라, 낭왕이 어떻게 죽은 것인지."

"말하기 싫다잖소. 정히 궁금하면 구천(九泉)으로 그를 찾아가 직접 물어보시오."

"이런 빌어먹을 놈잇!"

구대통이 다시금 발끈하자 또 무양이 팔을 뻗어 제지했다.

점점 서슬이 퍼레지는 무양. 그는 구대통이 아니라도 그 자신이 먼저 외수의 목을 칠 수도 있단 분위기였다.

냉정함을 잃지 않는 무양의 눈이 언제라도 받아칠 태세를 갖춘 외수의 검으로 향했다.

"그 검! 사하공이 남긴 것이더냐?'

"그렇소!"

무심히 대답하는 외수.

구대통과 명원도 외수의 검에 집중했다.

"흠, 그랬군. 끝까지 세상에 내놓지 않으려 했던 물건을 결국 네놈 손에 쥐어주고 말았군."

무양을 비롯한 세 사람의 얼굴에 씁쓸함이 진하게 지나갔다.

특히 명원은 도저히 이해할 수 없단 표정이었다.

"무양 오라버니, 왜 그랬을까요? 그가 왜? 우리가 누누이 녀석에 대해 말해줬건만… 도대체 받아들이기 힘들군요."

그때 방관자처럼 지켜보고만 있던 미기가 툭 던지듯 퉁명스럽게 끼어들었다.

"뭐겠어? 이 꼴 저 꼴 다 보기 싫었던 거지. 떠나려 작심한 후엔 저 인간에게 좀 더 믿음을 가진 것이고."

"닥쳐라!"

바로 튀어나오는 명원의 날 선 호통.

"믿음이라니? 사하공이 그럴 리 없다!"

정말 화가 돋친 그녀였다. 그러니 미기는 물러서지 않고 받아쳤다.

"억지로 부정할 것 없어. 낭왕이 자신의 공력을 남겼어, 저 인간에게! 그게 무얼 의미하겠어? 어쩔 수 없는 선택이라고

하기엔 너무 큰 결정이잖아. 사하공 역시 세 사람이 보지 못한 걸 봤으니 그 같은 결정을 내렸겠지."

"우리가 보지 못한 것?"

"그래. 혹시 영마라는 사실에 너무 몰두해 다른 걸 놓치고 있는 건 아닌지 돌이켜 봤어? 재앙이란 사실에만 집중해 인간적인 면이라든지 내면의 상태라든지 한 번쯤 신중하게 되짚어본 적이 있냐고. 어린 내 눈에도 그런 것이 보이던데, 낭왕이나 사하공은 좀 더 깊이 있게 관찰하고 확인하지 않았겠어?"

"……?"

생각지도 않은 미기의 말에 명원뿐 아니라 무양과 구대통도 아연해졌다.

미기는 그치지 않았다.

"대회 때도 그랬잖아. 저 인간은 영마라는 사실을 빼고 보면 오히려 그 어떤 누구보다도 정의롭고 당당했어. 도리어 자신의 부상마저 감수하며 해남 검각 초여선의 목숨을 살려주기도 했지. 다들 봤잖아! 영마라는 논리로 따지면 그때 초여선을 당연히 죽여야 했던 거지."

"……."

"그뿐이야? 납치된 반야를 아무 상관도 없는 그가 쫓아가 구하기도 했고, 또 이곳 편가연 가주를 수차례 위기에서 살려내기도 했어. 왜 이런 것들은 무시해? 직접 보지 않은 사하공조차 낭왕의 선택을 믿겠다며 따랐는데, 무림 최고 명숙이자 존장들인 세 사람이 어떻게……?'

무림삼성이 대꾸를 못 했다.

자연스레 외수에게로 옮겨지는 세 사람의 눈. 복잡한 심경들이 숨겨지지 않았다.

사실 미기의 말은 틀린 곳이 없었다. 자신들은 궁외수가 영마라는 사실과 그 본성을 드러내게 하는 것에만 열중했을 뿐 다른 것은 따져볼 생각을 하지 않았다. 지금까지 무림 역사에 영마가 보인 잔학성과 살성을 충분히 확인해 왔던 터였기 때문이다.

꽉 막힌 듯한 신음만 흘리던 명원이 한참 만에 무겁게 고개를 가로저으며 나섰다.

"그렇다고 해도 변하는 건 없다. 영마가 일으킨 재앙을 우린 똑똑히 보아왔고, 놈도 그 사실에서 벗어날 수 없어!"

미기가 또 받아쳤다.

"영마가 그들뿐이었다고 단정할 수 있어? 혹시 아무 일 없이 산 영마들도 있었는데 발견하지 못한 건 아니고? 만약 그랬다면 저 인간도 그런 자들 중 하나일 수 있잖아."

"……."

명원이 다시 대꾸를 못하고 입을 닫았다. 정곡을 찔려 버린 듯한 심정.

그러자 같은 심정으로 반박할 말을 찾지 못하던 구대통이 행동으로 나섰다.

"다 필요 없다! 드러난 놈이든 드러나지 않은 놈이든 우리 눈에 띈 이상 영마는 영마일 뿐! 내가 이 자리에서 확인시켜 주겠다!"

미기가 비웃음을 날렸다.

"다시 생각해야 돼. 예전의 그가 아냐. 물론 영감들이 어떤 존재들인지도 모르고 겁 없이 달려든 저 인간도 어처구니가 없지만 적어도 손가락으로 눌러 죽일 수 있는 수준을 벗어났어. 낭왕의 내력에다 사하공의 최고 걸작을 얻었단 사실을 잊은 건 아니지?"

"시끄러!"

계속 약만 올리는 미기의 말에 고함을 지른 구대통은 일말의 망설임도 갖지 않고 외수의 목을 향해 비파검을 내질러 갔다.

가볍고 표홀한 운신. 그러나 충분한 위력이 실린 검초.

구대통은 적당한 자극으로 외수의 영마지기를 들끓게 하겠단 의도였다.

한데.

캉! 카카캉!

"허억? 뭐, 뭐얏?"

어떠한 경우에도 흐트러지는 법이 없던 구대통이 대경실색을 하며 풀쩍 물러났다.

외수의 검에서 튀어나온 또 다른 여러 개의 검날 때문이었다.

그 순간 무양과 명원, 미기까지도 경악한 얼굴을 지우지 못했다.

강기가 아니었다. 한 번에 무려 대여섯 개의 강기를 동시에 발출한다는 건 있을 수 없는 일이니.

"뭐얏? 어떻게 한 것이냐, 이놈?"

구대통이 펄펄 끓었다.

"내가 뭘 어떻게 한 것이 아니요."

궁외수의 무심한 대답.

"뭣?"

튀어나올 듯 휘둥그레진 구대통의 눈. 봐놓고도 믿지 못하겠단 표정이 여실했다.

"어디 다시 한 번 보자, 이놈!"

구대통은 다시 검을 내쳐 외수를 겁박해 갔다. 이전과 똑같은 수법이었으나 위력을 더욱 가미한 검.

휘익, 휙!

외수 역시 똑같은 동작으로 구대통의 얇은 비파검을 받아쳐 갔다.

슈슈슉슉!

어김없이 뿌려지는 검신들. 이번엔 네 줄기였다.

구대통은 부딪치지 않고 잽싸게 검을 거둬 쏘아져 나온 검신에 집중했다.

무양과 명원도 그 실체를 파악하기 위해 바짝 긴장한 채 눈을 떼지 않았다.

발출된 검신들이 무양과 명원을 지나 뒤쪽 죽림 속에서 사라져 갔다.

한데 두 눈을 부릅뜨고 지켜보던 구대통이 갑자기 빠른 운신을 보이며 빈 허공에 슬그머니 검을 가져다 댔다. 네 개의 검신이 긴 꼬리를 남기며 쏘아져 갔던 그 동선이었다.

카카카캉!

네 번의 강렬한 쇳소리.

튕겨지는 자신의 검을 꽉 움켜쥔 채 구대통은 다시금 경악을 했다.

"여, 역시 강기 따위가 아니었군."

외수도 놀랐다. 자신은 알지 못했던 사실. 쏘아져 사라지는 것인 줄로만 알았던 검이 아무런 형태도 느낌도 없이 바람처럼 되돌아와 합쳐지다니.

구대통의 능력도 놀라웠다. 자신은 전혀 감지할 수 없는 부분을 그는 포착한 것이다. 쏘아져 나갈 때와 달리 눈에 보이지도 않는 실체를.

"어째서 이런 마물을 저놈에게······?"

구대통의 탄식.

외수는 놀란 눈을 내려 자신의 손에 들린 검을 내려다보았다. 기이함이 갈수록 더했다.

하긴 강기도 아닌 검신을 계속 쏘아보내기만 한다는 건 논리에도 맞지 않는 일. 외수는 감탄을 거듭하며 무의식적으로 고개를 끄덕였다.

'정말 엄청난 검이로군. 어떻게 이런 것이 인간의 손에 의해 만들어질 수가 있지? 검의 얇은 편린들을 쏘아내는 것도 경이로운데 감쪽같이 다시 합쳐지는 괴이함이라니? 그래서 무게가 그렇게 나갔던 건가?'

외수는 도대체 몇 개의 검린(劍鱗)을 발출해 낼 수 있는 것인지 궁금해졌다.

자신의 손이 아닌 상자 안에 있었을 때의 무게를 생각하면 최소한 수십 자루 이상의 검편(劍片)이 합쳐져 있을 것이란 예상이 가능했다. 아니, 어쩌면 자신이 예상하는 그 이상일 수도.

외수가 검을 보며 놀라는 사이 무양의 눈빛이 달라졌다.

"놈이 세상에 존재해서 안 되는 이유가 하나 더 보태진 셈이군."

구대통의 표정과 자세도 바뀌었다. 항상 가벼워 보이던 그가 아니었다.

"맞아! 사하공의 저 검은 본인의 말처럼 세상에 나와서는 안 되었던 절대기병이야. 지금까지 그가 세상에 내놓았던 기병들과는 차원이 달라!"

자신의 검을 들어 천천히 검신을 훑는 구대통.

"이 비파검도 그의 기병 중 하나이고 견줄 바 없는 뛰어난 검이지만 저와 같은 묘용을 발휘하진 못하지. 과연 사하공 이석이야. 상상조차 불가능한 저런 기물(奇物)을 그가 아니면 누가 탄생시킬 수 있겠어. 한데 자기가 만든 절대신병들의 주인을 선택함에 있어 실수하는 법이 없던 그가 마지막에 이런 엄청난 실수를 했군."

구대통의 싸늘한 눈초리가 외수를 휘어 감았다. 그러나 외수의 눈초리 역시 그에 못지않았다.

"영감, 지금까지 지껄인 영마가 뭐야?"

시리게 가라앉은 두 눈길. 구대통이 차마 하기 싫은 말인 듯 무겁게 뇌까렸다.

"천하가 알면 그 자리에서 달려들어 죽이려 하는 존재! 그것이 영마지기를 갖고 태어난 영마다!"

"영마지기라니? 그게 어떤 것이기에?"

"한 번 살성을 터트리면 그 스스로도 제어하지 못해 재앙을 낳고 마는 더러운 기운!"

"내가 그 기운을 가졌단 말이오?"

"말이라고! 네놈은 이미 그 천형(天刑)을 드러냈었다. 우리가 확인한 삼십여 구 시체는 어느 것이 누구의 신체인지도 모를 정도로 하나같이 갈기갈기 찢겨 있었고, 그 끔찍함은 분노를 일게 할 정도였다. 짐승이라도 그렇게 하진 못하지. 하지만 그건 전조에 불과할 뿐이다. 무력 수위가 높아지면 높아질수록 그 마성의 기운은 더 커질 것이고 결국엔 어느 순간 폭발과 함께 걷잡을 수 없게 될 것이다. 더구나 천하제일의 신병까지 손에 쥔 바엔… 으음!"

구대통이 말을 잇지 못하고 고통스런 신음을 삼켰다.

그러나 외수는 아랑곳하지 않았다.

"크크큭, 잘됐군. 영감들은 닥쳐 올 재앙의 근원을 처단해서 좋고, 난 정말 영감들 말이 사실인지 확인해 볼 수 있어서 좋고!"

외수의 웃음이 비장함과 비참함을 동시에 표출하고 있었다.

"확인? 우리가 할 일이 없이 네놈을 쫓아다닌 줄 아느냐. 오히려 우린 네놈에게 시간과 기회를 준 셈이다. 네놈이 뿌리쳤을 뿐!"

"어쨌거나 일어나지도 않은 일을 두고 행동하잖소. 한 사람의 생을 자기들 마음대로. 그것에 동의할 수 없소. 이 자리에서 확인합시다."

"광오한 놈!"

외수의 말이 끝나자 미기가 다시 고함을 지르며 불거져 나왔다.

"야, 멍청이! 정말 죽고 싶어? 뇌가 없는 거야? 그 따위 검을 믿고 까부는 거라면 그만둬! 우리 꼰대들, 신병이기 따위로 이길 수 있는 그런 인간들이 아니야!"

"크크큭, 그럼 죽고 말지 뭐. 영감들 말대로 재앙이었다고 믿으면 그뿐!"

"뭐야? 정말 바보야? 살길을 구해도 모자랄 판에 왜 자처해서 불 속을 뛰어들어?"

미기가 그녀답지 않게 안타까움을 드러냈지만 외수는 단호하기만 했다.

"집어치워! 낭왕의 죽음이 나로 인해 일어난 것이란 죄책감을 떨칠 수 없어! 또한 나로 인해 이곳 극월세가 내에 이런 위협이 존재한다는 것도 묵과할 수 없어! 길은 하나뿐이야. 서로 물러나지 못할 테니 어느 한쪽의 죽음으로 결과를 내는 것!"

"멍청이! 생명이잖아! 생명이 아깝지 않아?"

미기의 거듭되는 안타까움에 외수가 슬그머니 눈길을 돌려 그녈 째려보았다.

"내가 죽으려고 이러는 것 같아? 천만에! 착각하지 마! 난 오늘 무림삼성이란 거창한 이름의 저 세 늙은이를 이곳에 묻을 거야!"

비웃음 섞인 서늘한 눈초리. 미기도 어안이 벙벙해 말을 잇지 못했다.

듣고 있던 구대통이 더욱 거칠게 날을 세웠다.

"이놈이 보자보자 하니 오만함이 끝 간 데가 없구나. 오히려 죽지 않고 살아 있는 것을 다행으로 여기지 않고 먼저 도발을 해오다니. 오냐, 지금까진 파장이 걱정스러워 살려둔 채 재고 또 쟀었다만 이렇게 된 이상 네놈을 그냥 놔둘 수 없다!"

"그러니까 오시오! 뭘 망설이시오?"

"빌어먹을 놈!"

기어코 구대통이 살수를 펼쳐 갔다.

이전과는 비교도 할 수 없는 위력. 비운축영(飛雲逐影) 신법에 이은 분광검법. 남궁세가 후기지수 대회에서 점창파 제자가 선보였던 무공과는 너무도 다른 차원.

캉! 카카캉!

외수는 빠르게 몇 걸음 물러나며 혼신을 다해 대응했다. 그러나 작심하고 내뻗는 구대통의 검은 확실히 상상 이상이었다.

이미 각오한 바지만 공포가 느껴질 정도의 엄청난 무위. 오묘하면서도 매섭고 수준 높은 깊이까지 느껴지는 게 어째서 세 사람을 무림 최고의 인물들이라 일컫는지 바로 와 닿았다.

그럼에도 외수는 본능적 싸움꾼다운 몸부림을 잃지 않았다. 어떠한 상황에서도 위기를 탈피하고 반전을 꾀하려는 몸부림.

때문에 구대통의 입장에선 외수의 저항도 결코 만만한 것이 아니었다. 낭왕이 심은 공력과 사하공의 검이 가진 신묘함 때문에 섣불리 제압하려 들다간 도리어 화를 당할 수도 있을 듯했다.

'음, 그 사이 더 빨라졌군, 이놈!'

낭왕의 일원무극공 덕분인지 외수의 무위는 대회 때보다 또 한두 단계 올라서 있었다.

이미 계산이 선 구대통은 서두르지 않았다. 영마의 본색을 확실히 드러내게 한 다음 매듭을 지을 요량이었다.

캉! 카캉! 캉캉!

허겁지겁 구대통이 빠른 검공을 막기에 바쁜 외수. 싸움에 임하면 웬만한 무인들보다 더 침착한 그였지만 구대통의 계략과 뛰어난 무위에 기어코 조금씩 말려들기 시작했다.

"어쭙잖은 놈! 이렇게 어설픈 놈이 대회에서 우승을 하고 낭왕의 비급을 차지하다니, 같잖아서 말도 나오지 않는다."

구대통은 거의 마구잡이나 다름없이 휘둘러 오는 외수의 검식을 빠른 운신으로 피하거나 절묘한 초식으로 받아치며 자극했다.

그는 외수의 허술한 틈을 놓치는 법이 없었다.

외수는 검이나 도나 똑같은 칼일 뿐이고 똑같이 휘두르기만 하면 된다고 생각하고 있었으나 엄연히 검공과 도식은 다른 것.

그동안 칼을 사용하면서도 도법 하나 제대로 된 걸 익힌 적 없어 그 차이를 알 리 없으니 구대통의 수준에선 그 많은 허점들이 커다란 구멍처럼 빤히 들여다보이는 게 당연했다.

확실히 외수는 사하공의 검과 낭왕의 무극공력 덕을 보고 있었다. 그게 아니었다면 단 삼 초도 버티지 못했을 것이었다.

콰콰콰쾅!

쾅쾅!

검을 휘두를 때마다 섬광처럼 쏘아져 나가는 검신. 아직 공력 조절을 하지 못하는 외수라 제멋대로 네 개가 쏘아지기도 하고 여섯 줄기가 발출되기도 하지만 구대통은 그 모두를 받아치거나 피했고, 심지어 형체도 없이 되돌아오는 검란마저 유유히 피해 운신했다.

"이놈, 당장 검을 놓고 머릴 조아려라!"

"개소리! 이곳에서 꺼져야 할 자들은 당신들이야!"

외수는 정말 겁이 없었다.

영마지기를 타고난 인간의 특성이라곤 하지만 마치 굶주린 들개처럼 달려드는 그였다.

점창일기 구대통의 배려는 거기까지였다. 이를 악물고 표정을 바꾼 그가 살초를 펼치자 외수의 거친 저항 속에서도 피가 튀기 시작했다.

현격한 차이. 무위, 속도, 운신, 모든 면에서 외수는 압도당했다.

"더럽군!"

번뜩이는 구대통의 검광 속에서 외수가 씹어 뱉은 한마디였다.

구대통은 그 말이 자신들을 비난한 것인지 아니면 단순히 기분에 대한 표출인지 얼른 알아듣지 못했지만 원하던 대로 외수가 안구 가득 핏기를 끌어올리고 있다는 사실에 같이 흥분했다.

'그래, 이놈! 본색을 보여라!'

카캉! 쾅쾅쾅!

"우욱!"

더욱 몰아치는 구대통. 외수는 한계를 뼈저리게 느끼며 분노에 떨었다.

구대통은 일부러 여기저기 찔러 부상을 입히며 거듭 기름을 부었다.

"이제야 후회가 되느냐? 차라리 도망칠 걸 그랬단 생각이 들 테지? 늦지 않았다. 이제라도 머릴 처박아라, 이놈! 목숨을 거두는 대신 다른 조치를 강구해 볼 수도 있다!"

"크크큭, 큭큭!"

비통함이 섞인 외수의 웃음.

"그렇겐 안 되지. 말했잖아? 결론은 하나뿐이라고. 날 죽이든지, 아니면 당신들이 내 손에 죽든지! 이익!"

콰콰쾅!

"우웃?"

한계에 내몰린 외수의 발악.

발광이나 다름없는 외수의 저항에 구대통이 급하게 물러섰다.

그럴 수밖에 없었다. 마구 휘두른 외수의 검이 수십 줄기 검린을 동시다발적으로 토해냈기 때문이었다.

전방을 휩쓸 듯 뿜어져 나온 검린들.

구대통이 아닌 다른 사람이었다면 전신이 걸레 조각이 될 수도 있었을 터였다.

여파는 굉장했다. 미기뿐 아니라 명원과 무양도 외수의 검린을 막거나 피해야 했고, 사하공의 초옥은 물론 사방을 감싼 죽림마저 파괴를 면치 못했다.

"크흐흐……!"

악마 같은 미소가 감도는 외수의 얼굴. 눈 속의 혈광(血光)이 더욱 확연해진 그였다.

펄럭대는 옷자락.

외수는 낭왕의 일원무극공을 운용 가능한 부분까지 극성으로 움직이고 있었다.

"같이 죽자고, 영감태기들. 끄으……."

"이놈! 드디어!"

당황한 구대통이었다. 영마의 기운을 드러내기 시작한 외수의 모습은 그가 상상했던 것보다 더 끔찍했다.

핏기로 물들어 번들거리는 눈. 기력이 다 빠진 듯 늘어진 어깨. 거기에 감당치 못하는 수준까지 낭왕의 공력을 끌어올린 탓에 머리칼까지 사방으로 뻗쳐 너풀대고 있었다.

"그렇군. 이게 악마의 모습이로군."

"뭐라 지껄이는 거야, 늙은이!"

외수가 오히려 구대통을 덮쳐 갔다. 한걸음에 뛰어올라 덮쳐드는 외수의 운신은 지금까지 구대통이 보인 신법과 다를 바가 없이 쾌속했다.

"이놈이?"

콰쾅!

진짜 싸움이 시작되었다. 외수의 괴검에 구대통은 강기를 표출해 응수할 수밖에 없었고, 강기와 괴검의 편린들이 맹렬히 뒤엉켜 폭렬했다.

돌변한 외수의 무력. 직접 부딪친 구대통뿐 아니라 지켜보는 무양과 명원도 경악을 금치 못했다.

"저, 저놈?"

조금 전의 외수가 아니었다. 흡사 시뻘겋게 달궈진 쇳덩이 같은 모습. 급격히 상승한 공력으로 폭발하는 화산의 화염처럼 한 치의 밀림도 없이 점창일기 구대통에 맞서고 있었다.

"저거였어! 숨겨진 놈의 진짜 모습!"

늘 침착함을 잃지 않던 무양이 광분해 자기도 모르게 검을 뽑아 들 정도였다.

콰콰쾅!

콰쾅!

일진일퇴. 구대통의 검이 더 날카롭긴 했으나 외수의 생사를 떠난 저돌성, 맹위에 오히려 구대통이 밀리는 느낌마저 있었다.

"세상에! 오라버니, 완전히 실성한 것 같죠? 저놈 지금 자신의 상태를 알까요?"

"모르겠지. 스스로의 상태를 인지하고 싸울 수 있는 상태라면 더 무서울 것이다."

"그렇군요. 훗날 그 수준까지 다다른다면 정말 생각만 해도 끔찍하군요."

"그래! 보듯이 지금까지 세상에 나타났던 그 어떤 영마들보다 빠르게 강해지는 놈! 그래서 지금 처리하는 게 맞다!"

무양은 여차하면 합세해 외수의 목을 향해 검을 내칠 기세였다.

그리고 그 순간은 생각보다 빨리 다가왔다.

"이놈, 네 꼴이 보이느냐?"

구대통의 고함.

"어린 네놈의 기구한 운명이 불쌍하고 안타깝다만 지금 네 꼴이 진짜 네놈의 모습이다. 많은 세월을 살며 영마가 일으킨 재앙을 목격해 온 우리로선 결코 네놈을 살려둘 수 없다. 부디 우릴 원망치 마라!"

고함이 들리는지 안 들리는지 외수는 미친 듯 검을 휘두를 뿐이었고, 구대통 역시 대답을 바라고 외친 소리가 아니었다.

파팟!

외수의 얼굴로 피가 튀어 올랐다. 고통 없이 끝장을 내려던 구대통의 검이 아슬아슬하게 목을 스쳐 어깻죽지를 훑은 탓이었다.

한 번 비장한 살수를 펼친 구대통의 검은 용서가 없었다. 최대한 빠르고 깔끔하게 끝내는 것이 관용이라는 듯 더욱 살인적으로 파고들었다.

처절한 저항. 거듭 피가 튀고 부상이 발생하는 상황에서도 외수는 오히려 달려들기만 했다.

상대를 찢어버리겠다는 의지. 지금 외수에겐 그 적개심과 투지뿐이었고, 눈앞의 상대가 누구라는 것조차 잊어가고 있었다.

그것은 흥분이 일수록 더욱 심화되었고 자신의 의지와 의식마저 빼앗긴 채 광기로까지 번져 가고 있었다.

"끄으으, 끅! 크르륵!"

정체 모를 신음까지 흘리는 외수. 이빨을 한껏 추켜올린 굶주린 야수처럼 기필코 물어뜯어 찢어발기겠단 폭력성만 그득했다.

"이놈!"

무양이 참지 못하고 뛰어들었다. 점점 미쳐 가는 꼴을 차마 더 보지 못하겠다는 뜻이었다.

한데 그 순간 외수가 또 한 차례 돌변했다. 마치 상황에 따라 자신을 변화시키는 괴물처럼 구대통을 덮쳐 간 것이다.

"크아악! 죽어라, 늙은이!"

꾕장한 공력 상승. 그 예측할 수 없는 변화에 구대통이 휩쓸렸다. 무양이 따라붙을 틈조차 없었다.

외수의 변화는 너무도 빨랐고 급작스러웠다. 덮치는 속도까지 구대통을 압도해 피할 여지조차 없었다.

어쩔 수 없이 대응한 구대통이지만 폭발하는 외수의 무지막지한 힘을 감당하지 못했다.

쿠콰쾅! 콰앙!

콰콰콰쾅!

검이 몇 번이나 휘둘러졌는지 알 수도 없을 지경이었다. 혼신의 힘을 다해 '검막(劍幕)'까지 펼친 구대통이었건만 그 검의 장막까지 찢어낼 정도의 끔찍한 위력.

거기다 수십 줄기의 검신까지 더해진 맹폭은 구대통을 한가운데 가둬놓고 패는 것처럼 무시무시했다.

그 놀라운 폭발에 구대통이 결국 튕겨져 나갔다.

"크헙!"

여기저기 베인 상처는 물론이고 어이없게 내상까지 있는지 신형을 바로 잡지 못하고 비틀거릴 정도였다.

덮쳐들던 무양도 경악했고 명원도 벌어진 입을 다물지 못했다.

"이, 이런 말도 안 되는!"

불가능한 일이었다. 낭왕의 공력을 지녔다고 해도 방금 눈앞에서 외수가 보인 공력은 낭왕의 수위를 훨씬 뛰어넘는 수

준이었다.

설령 낭왕의 공력이 그 같은 수위였다고 해도 그것을 이처럼 짧은 시간에 온전히 소화해 발휘한다는 건 더욱 있을 수 없는 일.

믿기지 않았다.

그러나 눈앞에서 펼쳐진 걸 어찌하랴.

"이놈!"

무양에 이어 명원까지 곧바로 외수를 덮쳐 갔다.

"크흐, 죽여… 버리겠어……!"

외수가 구대통을 제쳐 두고 두 사람을 향해 돌아섰다. 핏빛 안광에 악마의 저주 같은 목소리.

소름이 돋을 지경이었다.

"악마 같은 놈!"

명원과 무양의 의지는 명백했다. 무양은 태극혜검(太極慧劍)을, 그리고 명원은 아미 복마신공(伏魔神功)을 극성으로 실어 불진(佛塵)을 떨쳐 냈다.

그럼에도 외수의 자세는 변함이 없었다. 조심하며 물러서기는커녕 도리어 달려들어 두 사람의 공격을 맞받아쳤고 그로 인해 사하공의 죽림이 진저리를 쳤다.

콰콰쾅!

콰콰쾅!

외수의 괴검이 만들어내는 조화와 무양, 명원 두 사람의 엄청난 공력이 부딪치며 모든 것이 다 터져 날아갈 듯 폭발했다.

쾅음과 섬광, 폭풍처럼 터져 나가는 대기. 세 사람의 신형이 격돌과 동시에 튕겼다.

하지만 튕겨 나가는 모양새가 달랐다. 무양과 명원신니는 강기 폭렬로부터 피한 것이었고 외수는 충격에 밀려 날아가는 것이었다.

외수는 죽림 속까지 튕겨져 날아갔다. 대나무가 등에 걸려 쓰러지진 않았으나 명원신니의 불진이 때린 가슴팍이 가죽북 터진 것처럼 너덜거렸고, 무양의 검이 스친 옆구리 또한 심하게 갈라졌다.

외상만이 아니었다. 가슴팍을 때린 불진의 위력에 기혈이 진탕되어 주르륵 입에서 피가 새어 나왔다.

처참한 모습.

그런데도 외수는 더 무시무시한 혈광을 뿜을 뿐 멈추지 않았다.

팔뚝으로 입가의 피를 쓰윽 훔치곤 앞으로 걸어 나오는 외수. 그리곤 가장 가까이 보이는 인간을 덮쳐 갔다.

미기였다.

"아앗?"

대처할 틈도 없이 아연실색하는 미기. 외수가 사물만 구분할 뿐 피아를 인지하지 못한단 증거였다.

"왜 이래?"

기겁한 미기가 뒷걸음질을 치며 검을 뽑으려 허둥댔지만 설사 검을 뽑아 대응한다고 해도 이미 내력이 실린 외수의 검을 감당한다는 건 불가능한 장면이었다.

그때 구대통의 신형이 뛰어들었다.

"이놈!"

콰쾅!

콰콰쾅!

점창파의 섬전 같은 신법과 현묘한 검공이 외수의 미친 급습을 가까스로 막아냈다.

한순간에 그물처럼 펼쳐진다는 분광십팔수(分光十八手). 그게 아니었다면 미기는 외수의 검에 폭사당해 조각조각 흩어졌을 것이었다.

광란의 외수, 미친 괴물 같은 외수였다. 다른 사람 같았으면 폭주한 공력 탓에 벌써 주화입마 상태로 스스로 주저앉거나 숨이 끊어졌을 것을 외수는 정신을 빼앗긴 것 외에 신체적으론 아무런 이상도 없이 더 맹렬히 날뛰기만 했다.

잠재된 그런 능력 때문에 불가능이란 것 자체를 판단할 줄 모르는 괴물.

구대통을 비롯한 무림삼성은 그런 외수에게 기필코 마침표를 찍고자 했다.

명원과 무양이 합세하며 외수의 저항은 더욱 난폭해졌다. 사냥꾼이 파놓은 구덩이에 빠져 미쳐 날뛰는 맹수와 다를 게 없는 모습. 그 무서운 살기. 엄청난 폭주.

일정한 방향성도 없이 마구 휘둘러 대는 검에 사하공의 거처는 점점 초토화되어 갔다.

콰콰쾅! 쿠콰쾅!

무림삼성은 쉽게 끝내지 못했다. 상상 이상의 힘을 발휘하는 외수는 결코 급소를 허용하지 않았고, 되레 예측 불가능한 저항에 낭패를 볼 뻔한 장면들만 연출되었다.

폭주 이후 외수의 움직임은 전혀 종잡을 수 없었다. 분명 무공 초식에 의해 움직이고는 있었으나 팔방풍우 따위의 초급 초식을 펼치다가도 방금 구대통과 무양, 명원이 펼친 무공을 똑같이 따라하고 있었다.

더 어이가 없는 건 단순히 동작만 따라하는 것이 아니란 것이었다. 정확히 맥을 짚어 힘을 싣고 있다는 것.

무양과 명원, 구대통은 외수의 끔찍스런 능력에 말을 잃었다. 이런 괴물은 존재해선 안 된다는 생각만이 더 강해졌다.

콰악!

구대통의 얇은 검이 외수의 어깨를 뚫었다.

그러나 신음조차 흘리지 않는 외수였다. 일반적이라면 물러나거나 주춤대게 마련이건만 외수는 고통 따윈 없다는 듯 살이 뜯기든 말든 전혀 아랑곳없이 연이어 날아드는 명원과 무양을 향해 몸을 비틀었다.

뿐만 아니라 무양의 검을 받아치며 명원의 불진을 손으로 잡으려 들기까지 했다.

명원으로선 그 무모함이 어처구니없기도 했지만 당혹스럽지 않을 수 없었다. 외수의 싸움 방식을 봐왔었기에 그가 상대의 무기를 붙잡았을 때 어떤 결과로 연결되는지 잘 알고 있었기 때문이다.

"미친놈!"

명원이 불진을 거둬들이며 왼손을 내쳐 갔다.

다시 한 번 외수의 가슴팍을 덮치는 아미 복호장법(伏虎掌法)의 막대한 경력.

퍼엉!

옷섶이 다 뜯겨 날아갈 정도의 위력이었다.

외수가 한 움큼의 피를 뿜으며 세차게 떠밀렸다.

목을 벨 수 있는 기회였다. 균형을 잃고 흐트러진 외수의 목을 향해 구대통과 무양이 검을 뻗기만 하면 되는 순간이었다.

한데 무엇이 문제였을까. 구대통도 무양진인도 동시에 뻗던 검을 거두고 장공으로 전환했다.

퍼펑!

무당 칠성장(七星掌)과 점창의 고영장(枯榮掌)이 앞뒤에서 작렬했다.

팽이처럼 휘돌다가 처박히는 외수.

엄청난 충격이었다. 명원의 복호장공도 엄청났지만 무양과 구대통의 칠성장과 고영장 역시 필살의 위력이 담긴 장공들.

더구나 무림 최고의 공력을 쌓은 인간들이 내친 장공이니 더 말할 것도 없었다.

거기에 명원신니가 다시 불진을 휘둘러 버둥대며 일어서려는 외수의 머리통에 일격을 더했고, 구대통의 얇은 비파검이 다시금 왼쪽 어깨 견갑골에 박혀 들었다.

꼬치 꿰듯 관통해 외수의 움직임을 제한한 구대통의 검.

"크헙!"

처음으로 고통에 겨운 신음을 뱉는 외수.

세 사람의 연속된 타격에 비로소 외수의 발광이 그 힘을 다한 듯했다. 고개는 바로 꺾여 떨어졌고 번뜩이던 혈안(血眼)도 무겁게 내리눌리는 눈꺼풀을 이기지 못했다.

늘어진 사지. 짧은 시간이었지만 찢기고 터져 나간 가슴팍부터 검에 베인 팔다리와 곳곳의 상처들. 거기에 명원신니의 불진에 머리통마저 터져 피를 뒤집어 쓴 혈귀(血鬼) 꼴이 따로 없었다.

"헉헉, 헉헉!"

무림삼성 세 사람 모두 가쁜 숨을 헐떡였다. 긴박하고 아슬아슬했던 순간들 때문에 차오른 숨이었다.

구대통이 외수의 무참한 모습에 눈살을 찌푸린 채 일갈을 뱉었다.

"이놈, 무릎을 꿇어라!"

구대통은 분노하고 있었다.

조금 전까지만 해도 단칼에 벨 것 같았던 기세를 잃고 망설이는 자신에 대한 분노, 그리고 자신을 이렇게 갈등하도록 만든 궁외수에 대한 분노였다.

화가 치밀고 있긴 했어도 죽이기 싫은 것이 구대통의 솔직한 속마음이었다. 미기의 주장대로 영마로서 아직 어떤 악행도 저지른 적이 없는 어린 놈. 마음의 부담이 없을 순 없었다.

죽이지 않고 살려놓을 수도 있다. 다만 그러려면 사지근맥을 다 잘라 버리거나 기혈을 모조리 파괴시켜 폐인으로 겨우 숨만 이어 살게 해야 하는데 그게 죽이는 것보다 더 잔혹한 일이 될 수도 있었다.

"지금이라도 우릴 따라나서겠다면 살려주겠다. 따라가겠다고 말해라, 이놈!"

옥박지르는 구대통이 더 간절해 보였다. 비록 철저한 제약과 간섭 속에 연명하겠지만 죽는 것보단 낫단 판단을 하고 있는 그였다.

다시 한 번 뜸을 들이는 구대통의 말에 대꾸할 기력조차 없어보이던 외수의 입술이 달싹이는 듯했다. 하지만 새어 나온 것은 대답이 아니라 기괴한 웃음이 먼저였다.

"크크크큭, 크륵, 큭큭!"

슬며시 고개를 드는 외수. 죽지 않은 핏빛 안광에 더욱 날카로워진 듯한 살기가 구대통을 엄습했다.

"이, 이놈이?"

불시에 외수가 구대통의 검으로부터 빠져나가려 빠르게 뒤로 물러섰다.

하지만 구대통이 여지를 주지 않기 위해 따라 움직이며 소리쳤다.

"꼼짝 마라! 움직이지 마라, 이놈!"

그때였다.

찰나의 순간에 외수가 오히려 강하게 몸을 비틀어 구대통을 당황케 했다.

"엇?"

휘어지는 구대통의 검신. 그 강한 힘에 구대통은 자칫 검을 놓칠 뻔했다.

육신의 고통은 고사하고 자기 몸이 베여 갈라지는 것조차 감수하며 반격을 도모하는 섬뜩한 인간.

구대통이 검을 놓치지는 않았으나 그가 놀라 당황하는 그 순간 외수의 손과 머리가 날아들었다.

검이 박힌 상태로도 외려 밀고 들어와 버리는 무식함. 어찌 당황하지 않을까.

구대통은 다급히 장력을 발출했다. 그러나 구대통의 앞섶이 외수의 손에 움켜잡히는 것도 동시였고, 그 완강한 악력으로 강력한 장공을 버티며 오히려 구대통을 끌어당김과 동시에 이마로 들이받았다.

뻐억!

고통이 그대로 전해지는 타격음.

이마가 깨졌는지 핏방울이 튀었고, 구대통의 고개는 속절없이 꺾여 넘어갔다.

거기서 끝이 아니었다.

외수는 구대통의 멱살을 놓아주지 않고 자신의 검을 구대통의 복부로 찔러갔다.

콰악!

육중한 검신이 뼈와 살에 박혀드는 소리. 겨드랑이 아래 옆구리였다.

"끄으윽!"

구대통이 눈알이 빠질 듯한 고통을 표출했다.

그가 검을 익히고 난 이후 처음으로 당해보는 깊은 칼침, 큰 부상이었다.

외수는 멈추지 않았다. 난도질을 하기 위해 바로 다시 검을 뽑았다. 기회를 포착했을 때 확실히 적의 숨통을 끊어놓기 위한 무의식적 행위.

다시 한 번 검이 꽂히면 구대통은 그대로 절명을 면치 못할 순간이었다.

그러나 다행히 무양의 검이 살 기회를 열었다.

멈추란 소리를 내지를 틈도 없이 다급히 무양이 외수의 목을 향해 검을 내려쳤다.

예측 못 한 외수의 반격. 무양도 명원도 혼비백산한 순간이었다.

어깨에 꿰어 있는 상태에서 그 같은 움직임을 어찌 알 수 있었으랴.

무양과 명원의 공격이 날아든 덕분에 외수는 구대통을 찢어발기지 못했으나 무양과 명원 역시 외수에게 타격을 입히지 못했다. 구대통의 몸뚱이를 휘둘러 그를 방패처럼 썼기 때문이다.

구대통이 조금이라도 정신이 있었다면 그런 꼴은 당하지 않았겠지만 외수의 이마에 들이받힌 이후 그는 거의 실신 상태와 다름없었다.

상황이 한순간에 반전되었다. 같은 편이 잡혔을 때의 곤란함을 무양과 명원이 보여주고 있었다.

섣불리 내치지도 못하는 검. 오히려 외수의 검공을 받아내며 행여나 구대통을 도륙해 버리지 않을까 눈치 보기에 급급했는데, 방심하면 언제라도 구대통을 살해해 버릴 수가 있어서 두 사람은 바짝 신경을 곤두세운 채 끊임없이 공수 조율로 기회를 노렸다.

콰콰쾅! 쾅쾅쾅!

외수의 발광 덕분에 주변 사물이란 사물은 다 날아갔다. 공격 대상은 명백히 무양과 명원이었지만 그들이 양쪽에서 노련하게 운신하는 탓에 뿌려진 검린들이 주변 풍광들을 모조리 쓸어버렸다.

지치지도 않는 외수였다. 끊임없이 막대한 공력을 사용하면서도 힘에 부치는 모습이라곤 보이지 않았다.

무양과 명원은 애가 탔다. 외수의 손아귀에서 계속 휘둘러지는 구대통이 혼미한 의식을 여전히 되찾지 못하고 있었기 때문이었다.

그런데 그때 외수가 계속되는 헛심만 빼기 싫었던 것인지 구대통을 바닥에 사정없이 패대기쳤다. 그러곤 한쪽 발로 가슴팍을 밟아 누르며 목에 검을 그어갔다.

"안 돼!"

놀란 무양과 명원이 비명이나 다름없는 괴성을 지르며 황망히 장공과 불진을 내쳤다.

그러나 명원의 항마후가 외수를 움찔하게 했을 뿐 목을 그어가는 동작엔 지장을 주지 못했다.

위여일발(危如一髮).

외수의 검이 구대통의 목을 스치는 순간에 무양의 장력도 외수의 등판을 덮쳤다.

퍼펑!

강력한 경력에 외수가 앞으로 굴렀다. 하지만 구대통의 목에서도 피가 튀었다.

"오라버니?"

"우치?"

명원과 무양이 서둘러 달라붙어 구대통을 살폈다. 목과 턱을 베이긴 했어도 다행히 깊진 않았다.

명원이 부축을 하고 다급히 지혈을 하는 사이 무양이 벌떡 일어나 외수를 덮쳐 갔다.

"이놈, 끝까지 은정(恩情)을 베풀려 했더니 악마의 본성은 차마 어쩔 수가 없구나!"

무양의 화는 극에 달했다. 눈부신 강기를 뿌리며 무당 검공의 절초들이 한꺼번에 쏟아졌다.

카카캉, 캉캉!

급격히 밀려가며 받아치는 외수. 그러나 평소의 궁외수와 달라도 아주 많이 달랐다. 곤란해 하거나 허둥대기는커녕 냉정하고 침착하고, 오히려 어떻게 잡아먹을까 궁리하는 눈초리만 번뜩이고 있었다.

쉽사리 제압되지 않는 외수.

구대통을 지혈하며 의식을 깨우던 명원이 기어이 등에 멘 검을 뽑아 들고 합세했다.

"천하의 흉악한 놈!"

명원의 화도 무양 못지않았다. 일검에 도륙하겠다는 듯 그녀의 검은 일신에 지닌 공력을 모조리 쏟아내고 있었다.

콰쾅! 콰콰쾅!

어마어마한 무력. 그것을 견뎌내는 외수도 대단했다. 비록 끊임없이 상처를 입고 뒹굴지만 결코 무너지지 않았다.

하지만 한계는 존재하고 있었다. 진노한 두 사람의 진신 무력은 아무리 외수의 폭발하는 힘이 놀랍다고 해도 넘어설 수 있는 무위가 아니었다.

두 사람의 파상공격 속에 속절없이 밀리는 외수. 작심하고 살수를 쏟아내는 무양과 명원의 맹공에 외수는 점점 만신창이가 되어갔는데, 그 상태로도 움직이는 게 신기할 정도로 처참했다.

한 번 쓰러질 때마다 두세 개의 상처가 났고 피와 흙먼지에 범벅이 된 모습은 차마 봐주기도 힘들 지경. 그러면서도 일어나 무양과 명원의 검에 대응하는 외수의 의지는 가히 경이로움 그 자체였다.

콰콱!

무양의 검이 외수의 견갑골에 박혀 있는 구대통의 검 옆에 박혔다. 목을 향해 찌른 검이었지만 외수가 저항을 한 탓에 그와 같은 위치에 박힌 것이다.

파고드는 막대한 통증.

외수는 이를 악문 상태로 무양의 검신을 움켜잡았다. 움직이지 못하게 하려는 뜻이었는데 손이 멀쩡할 수 없는 건 당연한 일.

외수는 무양을 향해 검을 휘두를 겨를이 없었다. 날아드는 명원의 검을 방어하는 게 먼저였기 때문이다.

그러는 사이 무양의 검을 움켜잡은 손은 더 큰 출혈을 뿜어냈다. 무양이 검을 빼내려 힘을 가하고 있어 손가락이 다 날아갈 수도 있었지만 외수는 결코 놓지 않았다.

하지만 명원의 검을 막는 사이 무양의 권경(拳勁)이 외수의 안면을 덮쳤다.

퍼억!

다행히 지근거리에서 다급히 휘두른 경력(勁力)이라 머리통이 터져 버리는 일은 벌어지지 않았으나 외수는 움켜쥐고 있던 무양의 검을 놓치고 곤죽이 된 얼굴로 날아갔다.

코와 입은 물론이고 안면 전체가 찢기고 터져 줄줄 피를 흘리는 외수를 무양과 명원이 마침표를 찍기 위해 검을 뻗어갔다.

하지만 그때 날카롭게 찢어지는 음성이 끼어들어 두 사람을 방해했다.

"멈추세요!"

무양과 명원은 검을 바로 외수의 코앞에 두고 주춤 멈추었다.

그럴 수밖에 없었다. 끼어든 날카로운 목소리도 목소리였지만 주변의 수상한 움직임과 조여드는 기운들이 예사롭지 않았기 때문이다.

고함을 터트린 사람은 뜻밖에도 극월세가의 가주 편가연이었다.

그녀가 폐허가 된 죽림의 입구 쪽에서 따르는 자들과 같이 들어서고 있었다.

다급히 내질렀던 앙칼진 소리와는 달리 침착한 모습. 오히려 그녀 뒤로 쫓아온 자들이 더 다급해 보였다.

"검을 거두세요!"

"무어라?"

무양이 눈깔을 희번덕대며 편가연을 노려보았다.

"전쟁을 할 참인가요?"

"전쟁?"

"그래요. 지금 그를 죽인다면 저는 무당, 아미, 점창, 세 분 어르신의 사문을 적으로 간주하고 저희 극월세가의 모든 힘을 동원해 즉각 전면전을 시작하겠어요."

편가연의 말에 무양이 안광을 터트려 노기를 드러냈다. 어리다지만 극월세가를 이끄는 수장이 뱉은 말이기에 그 무게감이 더한 탓이다.

"공자님?"

무양과 편가연이 눈싸움을 하는 사이 따라온 시시가 외수를 향해 튀어나왔다. 외수의 처참한 모습에 참지 못한 것이었다.

"안 돼! 물러서라!"

무양이 달려오는 시시를 향해 소리쳤다.

하지만 시시에겐 그 고함이 들리지 않았다. 겨누어진 무양과 명원의 검도, 폐허가 된 주변 풍경도 보이지 않았고, 오직 인간의 꼴이라고 하기엔 너무나 처참한 외수의 모습만이 눈에 들어올 뿐이었다.

"공자님, 공자님?"

외수를 겨눈 검조차 무시하고 달려드는 시시.

무양이 어쩔 수 없이 겨누고 있던 검을 거두고 시시의 행위를 용인한 채 한 걸음 물러나야만 했다. 한낱 시녀에 지나지 않는 어린 여인까지 핍박해 내치는 건 무림의 존장으로서 할 일이 아닌 것이다.

그런데 그 순간, 코와 입, 눈가에 흐르는 피를 훔치며 정신을 가누려 애쓰던 외수의 고개가 들렸다.

번쩍.

혈광을 번뜩이며 떠지는 눈. 동시에 그의 검도 번쩍였다.

슈악!

무공의 고수도 인지하지 못할 만큼 빠르고 급작스런 행동.

그걸 시시가 인지한다는 건 더더욱 불가능한 일이었다.

외수의 기력이 완전히 상실된 줄 알았던 무양이 혼비백산했다.

"피, 피햇!"

피하란다고 피할 수 있는 시시인가.

외수의 검이 편린들까지 발출하며 여지없이 시시의 복부를 향해 날아들었다.

피아를 인식 못 하는 외수. 명원과 무양뿐 아니라 달려드는 시시도 죽일 대상일 뿐이었다.

사색이 된 무양이 외수의 검로를 향해 검을 내뻗었다.

콰쾅!

발출된 검린들이 시시의 배 바로 앞에서 폭렬했다.

자칫 극악한 장면이 벌어질 수도 있었던 상황을 막은 무양의 검.

그러나 시시가 무사한 건 아니었다.

놀라 얼이 빠져 버린 시시의 옆구리와 허리춤 옷자락이 한 움큼 뜯겨 날아갔고, 바로 너덜거리는 옷 위로 핏물이 울컥울컥 배어 올랐다.

외수의 검린과 무양의 검강이 폭렬하며 그녀의 옆구리를 베고 뜯어버린 것도 모자라 외수의 검이 결국 복부를 관통한 것이다.

고통과 충격에 멍한 상태로 털썩 주저앉는 시시.

그녀가 상황을 이해할 틈도 없이 다시 눈앞에서 섬광들이 번쩍였다.

콰쾅쾅! 콰앙!

시시의 복부를 찌르고 나온 외수의 검은 그 순간 날아들던 명원의 검으로 돌려졌고 다시 무양과 명원의 협공에 맞서갔다.

다시 시작된 싸움.

이미 한 번 당한 외수는 의지만 똑같을 뿐 이전과 같은 위력을 발휘하진 못했다.

더구나 극에 달한 분노로 처단을 서두르는 무양과 명원의 무시무시한 살초들은 만신창이가 된 지금의 외수가 감당하기엔 너무나 벅찬 일이었다.

현저히 힘이 떨어진 채 밀리는 외수. 아슬아슬하게 무양과 명원의 검을 견디며 간신히 목숨을 지키던 그에게 다시 시시가 고통스런 몸을 일으켜 달려들었다.

"멈추세요, 제발! 멈춰요!"

검광이 난무하는 격돌 속으로 정신없이 무작정 달려드는 시시.

"안 돼, 무슨 짓이야!"

명원이 뿌리치듯 장력을 쏘아 시시를 날려 버렸다.

형편없이 날아가 처박히는 시시.

나약한 몸이었기에 크게 다칠 수도 있었으나 명원으로선 어쩔 수 없었다. 격돌의 위험은 고사하고 상대를 구분 못 하는 외수 아닌가. 단칼에 목이 날아갈 그녀를 어찌 그냥 내버려 둘까.

하지만 시시는 다시 일어나 비척비척 다가섰다.

"공자님, 제발! 모두 그만하세요. 흑흑, 이미 많이 다쳤잖아요."

그렁그렁한 눈물을 뚝뚝 흘리며 오로지 말리겠단 일념뿐인 그녀.

생각지도 못한 방해꾼이 되어버린 그녀 때문에 귀찮아진

명원이 아예 주저앉혀 버리려 손에 공력을 모았다.

하지만 장력을 발출하기 직전 구대통의 음성이 날아들었다.

"그만둬!"

외수의 검이 박혔던 복부를 쥐고 주저앉아 있던 구대통. 그가 힘겹게 일서며 다시 일갈을 토했다.

"놔두고 물러서!"

갑자기 뇌두라는 까닭을 모르는 무양과 명원이 구대통에게 눈을 두고 일단 외수로부터 두어 걸음 물러났다.

물러서는 두 사람의 꼴도 말이 아니었다. 외수의 검에 베이고 뜯긴 상처들이 몸 곳곳을 너저분하게 만들어놓고 있었다.

두 사람이 물러서자 온전한 정신이 아닌 외수도 부치는 힘 때문에 가쁜 숨을 몰아쉬며 두 팔을 늘어뜨렸다.

그러나 다가서는 시시가 문제였다.

"공자님, 저예요. 흑흑!"

몸을 의지하기 위해 땅에 박은 외수의 검이 움찔거렸다. 올려쳐지기만 하면 부축하려 손을 뻗으며 다가서는 시시는 두 동강이 나고 말 것이었다.

무양과 명원은 외수의 검에서 눈을 떼지 못했다.

과연 베고 말 것인가?

심장이 졸아드는 그 긴박한 순간 다가서는 시시를 노려보는 외수의 시뻘건 눈.

움찔움찔 힘이 들어가는 손아귀가 일촉즉발의 긴장감을
팽창시키는 그때, 시시의 손이 외수의 왼팔에 먼저 닿았다.

그리곤 곧바로 엎어지듯 주저앉는 시시. 그녀의 부상도 결
코 가볍지 않은 탓이다.

"공자님, 이제 그만요. 그만하세요. 너무 많이… 다쳤어요.
흑흑흑!"

주저앉은 채 외수의 다리에 매달린 시시.

죽일 듯한 눈의 외수가 덥석 시시의 어깨를 움켜잡았다. 그
리곤 들썩대던 검이 뽑혀 번쩍 치켜 들렸다.

그러나 내려치진 못했다.

부릅뜬 눈으로 시시를 내려다보며 덜덜 떠는 외수.

"공자님……."

올려다보는 시시의 마지막 음성에 외수의 표정이 일순 바
뀌었다. 마치 번쩍 정신이 들어 시시를 알아보는 듯한 멍한
표정.

잠시 움찔대던 외수는 허물어졌다.

달아올랐던 혈광이 빠르게 식으며 전신의 힘을 잃고 고꾸
라지듯 앞으로 쓰러졌다.

외수를 받아 안는 시시.

"흑흑흑, 흑흑흑!"

시시는 말을 할 수가 없었다. 너무도 무참한 외수의 모습에 가슴이 무너져 그를 부를 수도 없었다. 그저 울음만 계속될 뿐이었다.

"야, 궁외수?"

이름을 부르며 달려드는 자는 귀수비면 송일비와 철랑 조비연이었다.

"물러서라!"

다시 터진 구대통의 고함.

동작을 멈춘 송일비가 싸늘히 식은 눈으로 그를 노려보며 항변하듯 말했다.

"모자라는 것이 있습니까?"

"있고말고. 보지 않았더냐? 마성에 자아(自我)까지 빼앗기고 광란을 벌이는 놈을! 죽어야 끝날 놈이다. 상관 말고 물러나라!"

배를 움켜쥔 구대통이 자신의 검을 주워들고 시시의 가슴팍에 쓰러진 외수를 향해 다가섰다.

그때 편가연이 구대통의 걸음을 방해했다.

"구 대협, 소녀가 경고를 드렸을 텐데요."

구대통이 눈자위를 실룩이며 돌아보았다.

"무어라? 경고?"

"외람되나 감히 그리 말하였습니다."

희고 긴 비단 옷자락을 너풀거리고 선 편가연은 낭랑한 음
성만큼이나 이 상황에서도 흔들림이 없었다.

"부디 그만하시고 물러서 주길 간청드립니다."

살짝 고개를 숙여 보이는 편가연.

"지금 네 입장과 행동을 이해한다. 그러나 이건 극월세가
의 이름을 내세우고 끼어들 일이 아니다! 다시 한 번 끼어들
면 너라 해도 용서치 않겠다!"

"공자님께서 무림의 해가 될 수도 있는 좋지 않은 기운을
가졌다는 말은 들었습니다."

"그렇다. 이 녀석으로 인해 무림은 격동하게 될 것이다. 보
는 바와 같이 지금 이 순간 처단치 않으면 앞으로 이놈을 처
단할 수 있는 자는 세상에 없을 것이다."

"……"

다소 놀란 것인지 편가연이 응수하지 못했다.

구대통이 냉정히 말을 이었다.

"이건 비단 무림만을 위한 결정이 아니다. 혼인을 예정한
너를 비롯해 놈의 주변에 있는 모든 이들이 언제 폭발하고 돌
변할지 모를 극악한 위협 속에 노출돼 있다는 것이 더 큰 문
제다. 어느 한순간 인지하지도 못하는 순간에 미친 그의 손에
몰살될 수도 있단 뜻이다."

"그래도 어쩔 수가 없군요."

낭랑히 다시 입을 연 편가연.

"무슨 뜻이냐?"

"어차피 그가 없으면 죽는단 뜻입니다."

"……."

"저와 극월세가를 노리는 적은 의천육왕의 한 사람인 낭왕 염치우 대협조차 두려워하지 않던 자들입니다. 그 말은 앞에 계신 삼성 세 분 대협을 비롯해 무림 어느 누구도 두렵지 않단 뜻이겠지요. 즉, 이래도 죽고 저래도 죽어야 할 운명이라면 죽는 그날까지 저와 극월세가는 그에게 의지해 보겠습니다."

"……."

분명하고 확고한 의지를 표명하는 편가연의 말에 이번엔 구대통이 말문을 잃었다.

하지만 명원신니가 인상을 쓰고 일갈을 던지며 나섰다.

"어리석다!"

위엄 있는 목소리.

편가연이 살짝 고개만 돌려 그녀를 응시했다.

"극월세가의 안위와 위협은 다른 길로도 해결 방안을 찾을 수 있다. 무림에 도움을 요청할 수도 있고, 필요하다면 당장 우리 아미파가 상주하며 극월세가를 위협하는 자들을 처단해 줄 수도 있다. 또한 멀리 생각할 것도 없이 가까운 낙양에 무림맹도 있지 않느냐."

"믿을 수 있다면 그리할 수도 있겠지요."

늦추지 않고 받아치는 편가연.

"그러나 현재로썬 적의 정체가 무엇인지, 또 얼마나 많은 적이 우릴 노리는지 알지도 못하는 상태입니다. 최근 파악된 정보로는 최소 둘 이상의 세력이 연합 공조하고 있단 것과 주동 세력이 다름 아닌 무림의 유력 세력들일 것이란 겁니다. 이러한 상황에서 과연 그들 중 무림맹에 속한 누군가가 가담하고 있지 않다고 확신할 수 있겠습니까?"

"뭐, 뭣?"

"놀랄 것 없습니다. 아버지께서 돌아가셨을 때만 해도 거기까진 생각 못 했던 부분이지요. 하지만 낭왕 염치우 대협을 단독으로 죽일 만한 집단이 과연 몇이나 있겠습니까? 무림의 세력이 아니고선 꿈도 꿀 수 없는 일이지요."

"……"

입을 닫은 명원. 편가연은 거침없이 이어갔다.

"처음엔 여기저기 도움을 요청하기도 했었습니다. 하지만 그동안 깊은 교분을 갖고 있다 믿었던 무림맹을 비롯해 그 어떤 자의 도움도 없는 상황에서 저희 극월세가는 단독으로 지금까지 버텨왔었습니다. 그게 가능했던 것은 오직 궁외수 공자님이 있었기 때문입니다."

"……."

"그가 어떤 존재라고 해도 상관없습니다. 악마라고 해도 우린 그에게 의지해야 하고 기댈 수밖에 없습니다. 물론 공자님께선 이 상황에 끼어들지 말라 명령하셨지만 절박한 건 우립니다. 부디 그를 내버려 두시길 바랍니다. 그를 해하는 건 저희 극월세가를 해치는 것과 같습니다."

대가문의 혈육다웠다. 눈 하나 깜빡 않고 무림삼성 세 사람을 은근히 압박하고 있었다.

그런데 묵묵히 듣고 있던 무양이 뜻밖의 행동을 했다. 이렇다 저렇다 말할 필요도 없단 듯 외수를 향해 검을 내려친 것이다.

시시가 부둥켜안고 있다지만 무양에겐 문제도 아닌 일. 목이나 심장에 일검이면 충분했다.

쾌속한 검신이 외수의 등판을 뚫어가려는 그때 몇 줄기 가느다란 파공성이 날아들었다.

쉬이익!

따다당!

느끼지도 못할 만큼 빠르고 날카롭게 날아들어 검신을 때리는 괴물체에 무양이 황급히 물러서며 연이어 날아드는 것들을 받아쳤다.

따다당, 탕탕!

허공에서 자유자재로 움직이는 반짝이는 물체들. 비수였다.

"치우지 못하겠느냐?"

비수를 날린 자를 인지한 무양이 노성을 내질렀다.

즉각 돌아가는 다섯 개의 비수들.

노기를 분출한 무양이 송일비와 나란히 선 조비연을 사납게 노려보았다.

"듣던 것과 다르군. 네가 철랑 조비연이냐?"

"그렇습니다, 진인!"

언제 비수를 날렸냐는 듯 얌전히 고개를 조아리는 비연.

월령비도와 그녀에 대해 들어서 알고 있는 무양이었다. 하지만 들었던 것과 외모가 너무도 판이해 확인을 한 것이었다.

"건방지기 짝이 없구나. 감히 내 손을 방해하다니."

"무례를 용서해 주십시오."

"무슨 뜻이냐? 방금 한 그 행동은 나와 맞서 죽음을 불사하겠단 뜻이냐?"

"친구의 죽음을 봐야 한다면 그럴 수밖에 없습니다."

"친구?"

잠시 실룩이며 노려보던 무양의 눈초리가 옆의 송일비에게도 옮겨갔다.

늘어뜨린 손에 뽑아 쥔 검. 외수의 등판을 향해 검을 찔러

가던 그 순간에 뽑혀 나온 검이었다.

무양은 그의 검도 알아보았다.

'팔상… 호접검(八狀蝴蝶劍)?'

여덟 마디 연검. 사하공이 만든 천하 절대신병 오신검칠기도(五神劍七奇刀) 중의 하나.

"네놈은 누구냐?"

"역시 친구입니다."

"네놈 이름을 물었다!"

가차 없이 노기를 터뜨리는 무양.

씨익 미묘한 웃음을 흘린 송일비가 두 손을 모아 들고 가볍게 고개를 숙이며 대답했다.

"귀수비면으로 알려진 송일비라 합니다."

"신투 송야은의 아들?"

뚫어지게 송일비의 얼굴을 다시 확인하는 무양.

무양은 여러 가지로 놀라고 있었다.

비천도문의 혈육이 궁외수의 친구라는 이름으로 자신에게 검을 뽑아 들었다는 것. 그리고 그가 팔상호접검의 주인이라는 것.

또 이 자리에 사하공의 십이신병 중 두 가지가 등장했다는 것에 놀라움을 금할 수가 없었다. 구대통의 비파검을 합치면 세 가지가 한 곳에 모인 것이다.

거기다 사하공이 십이신병을 다 합쳐도 모자랄 만큼 최후의 걸작이라 자신했던 지금 궁외수가 가진 검까지.

무양은 그 기병들의 주인이 궁외수와 친구로 얽혔다는 사실이 우연치곤 너무 기가 막힌다고 생각했다.

"비천도문의 망나니가 어째서 여기 있는 것이냐?"

"어쩌다 보니 그 녀석과 벗이란 이름으로 묶였소. 물론 다소 억지스럽게 얽은 측면이 없진 않으나 그래도 벗은 벗. 벗이 죽을 위험에 처했는데 모른 척 뒤에 있을 수가 있어야 말이죠. 같이 죽더라도 그를 억지로 벗으로 얽은 죗값은 치러야하지 않겠습니까. 후훗."

능청스런 대답과 표정.

"이 일로 비천도문에 어떤 해가 갈지 알고 있느냐?"

"뭐 대충 알 듯합니다. 그뿐만 아니라 여기서 제가 죽으면제 아버지가 무당산을 방문하게 될 것이란 것도 알고요."

"뭐야?"

협박과도 같은 말에 무양이 화를 냈다.

신투 송야은의 방문. 그것이 뜻하는 것은 복수이고, 도둑놈의 복수는 도둑질인 것이다.

비록 비천도문이 일인전승(一人傳承)의 문파라곤 하지만세상 어느 세력도 건들지 않는 건 그들이 가진 투도(偸盜) 능력 때문 아닌가.

황궁 비고(秘庫)조차 털어버린다는 비천도문의 문주 신투 송야은.

만약 그가 무당파의 비급들과 보물들을 훔쳐 달아나 버린다면 잡을 길이란 없었다.

"발칙한 놈, 감히!"

"잠깐!"

발끈한 무양이 검으로 훈계를 내리려 하자 송일비가 번쩍 한쪽 손을 들어 일단 저지했다.

"잘 생각하십시오. 이 자리에서 저를 비롯해 모두 죽여 버릴 수도 있겠지만 세 분 어르신들도 많은 것을 잃게 되실 겁니다."

"……?"

"당장 극월세가 일족을 몰살시켰다는 비난에 직면하게 될 테지요."

"무엇이?"

"저길 보십시오. 저들은 어찌할 겁니까?"

송일비가 고개를 돌린 곳에 월가인들이 몰려들고 있었다. 편가연의 뒤로 나타나는 자들만이 아니었다. 쓰러지고 잘려 날아가 폐허가 된 대나무 숲이 술렁이는가 싶더니 사방으로 나타나 빼곡히 둘러싸는 자들.

수십 명이 수백이 되고 그 수는 헤아리기도 어려울 정도로 불어났다.

　호위무사들은 물론 시종, 시녀에다 업무 종사자들까지 남녀노소 신분 고하를 막론하고 거의 모든 월가인들이 몰려온 듯했다.

　"……?"

　물론 그렇다고 두려움을 가질 무림삼성이 아니었으나 놀라지 않을 순 없었다.

　모두 적개심에 찬 분노의 눈빛들.

　궁외수를 건드리면 당장에라도 죽음을 불사하고 달려들겠단 기세들이었다.

　사방 공간을 채우고 몰려든 이들을 돌아보던 무양이 편가연을 노려보며 꾸짖듯 말했다.

　"영악하구나. 무인이 아닌 이들까지 동원하다니."

　"틀렸습니다. 제가 동원한 것이 아닙니다. 제가 모습을 나타내자 스스로 따라온 것일 뿐. 저들도 궁외수 공자가 세 분께 죽임을 당하면 앞날을 보장할 수 없다 판단한 것일 테죠."

　"……."

　대꾸를 못하고 우물대는 무양.

　무인 아닌 월가인들까지 상대할 순 없기에 난감한 순간이었다.

　외수의 상태 때문에 조급한 편가연이 다시 입을 열었다.

"다시 간청드립니다. 여기서 그쳐 주십시오. 지금 궁 공자를 해하시겠다는 건 저희 극월세가를 몰락시키겠다는 것과 같은 의미입니다."

"억지다! 이건 극월세가와 관계없는 일!"

"억지는 오히려 삼성께서 보여주고 계시는 것 아닌지요."

"뭐얏?"

"이미 세 분께선 극월세가를 범하셨습니다. 이렇게 마음대로 남의 땅 안을 초토화시켜도 되는 것인지요? 여기 죽림에 기거하던 분은 어디로 보냈습니까? 반대로 누군가 무당파 내에서 이 같은 일을 마음대로 벌인다면 가만있으실 겁니까?"

"우리를 찾아와 검을 뽑은 건 저놈이다."

"저는 세 분이 세가 내에 머문다는 보고를 받은 적이 없습니다. 누군가 숨어들어 위해(危害)가 될 모종의 음모를 꾸미고 있는데 가만있을 수 있겠습니까."

"무어라? 음모?"

편가연의 말에 발끈해 자세까지 바꾸는 무양.

그때 둘러싼 이들 중의 누군가 고함을 질렀다.

"무림의 최고 어른들답지 않습니다. 이건 횡포고 행패입니다. 힘을 가진 자는 이렇게 마음대로 해도 되는 것입니까?"

"뭐야?"

돌아본 무양이 검을 쥔 손을 바르르 떨었다.

일갈을 뱉은 자가 서슴없이 앞으로 나섰다.

내원 호위 온조. 그는 두말 않고 시시가 힘겹게 안고 있는 외수에게로 향했다.

"네 이놈! 물러서지 못할까!"

시퍼런 서슬이 온조를 옭아맸지만 그의 걸음은 멈추지 않았다. 오히려 그의 뒤로 다른 위사들이 따라 움직였다.

"시시, 일어나라!"

무양의 말을 무시한 온조가 외수를 떼어놓고 시시부터 일으켰다. 그러자 따라온 위사들이 달려들어 의식이 끊어진 외수를 빠르게 부축했다.

참지 못한 무양이 행동에 나섰다.

그러나 편가연의 경직된 음성이 또다시 그의 걸음을 붙들었다.

"무양 진인!"

멈추어서는 무양.

자신을 향해 다가서던 그를 노려보는 온조가 한마디를 붙였다.

"죽이고 싶으시면 죽이시오. 두렵지 않소. 이미 회생 불가능할지도 모를 궁 공자, 그 덕분에 살고 있는 목숨이오. 만약 그가 회복 못 하고 죽기라도 한다면 난 평생을 바쳐 그의 복수에 나설 것이오!"

분노에 끓는 눈으로 노려보는 온조.

당황한 무양이 망설이고 있을 때 편가연이 일침을 더했다.

"지금까지의 일은 덮고 넘어가겠어요. 그러나 여기서 더 나아가려 한다면 저는 결국 세 분의 사문을 두고 전국 모든 월가인들에게 전쟁을 선포할 수밖에 없어요."

"어리석구나. 한 치 앞을 보지 못하는 우둔함이로다. 그 말이 무얼 뜻하는지 헤아릴 수 있기나 한 것이냐?"

"물론 종내는 전 무림을 상대하는 일이 될 테지요. 그러나 세 분과 무림 역시 극월세가를 몰락의 길로 내몰았다는 비난에 시달리게 될 것입니다."

"상관없다. 그 때문에 지금까지 고심하며 망설였지만 결론은 세상에 재앙을 미연에 막는 것이 더 중요한 것임을 오늘이 자리에서 다시 깨달았다!"

"그렇… 습니까?"

"그렇다!"

뜸을 들이며 되묻은 편가연과는 달리 무양의 대답은 확고했다.

지지 않고 마주 노려보는 편가연.

"온 호위님은 서두르세요."

편가연이 재촉하자 멈춰 있던 온조와 위사들이 외수와 시시를 안고 내원을 향해 빠르게 움직여 갔다.

그들을 막으려 운신하려는 무양. 가벼운 신법 한 번이면 벗어나지 못하게 할 수 있었다.

그 순간 편가연의 손이 들렸다. 그녀의 신호와 함께 포위한 월가인들이 앞을 막으며 조여들었다.

수백 명이 한꺼번에 눈알을 부라리고 좁혀오는 술렁임에 무양은 어처구니없단 표정을 했다. 함부로 손을 쓰지 못할 것을 알고서 하는 행동들.

무양이 돌아서 편가연을 향해 노호(怒號)를 터트렸다.

"네 이놈! 네가 책임질 것이냐? 나중에 벌어질 일들에 대해 감당할 것이냔 말이다!"

편가연이 거침없이 대답했다.

"책임지겠습니다. 그로 인해 세 분께서 우려하시는 세상의 재앙이 일어난다면 제 목으로 갚겠습니다."

"뭐, 뭐야?"

속이 부글부글 끓는 무양이었다. 눈앞에서 끝장을 볼 수 있음에도 어쩔 수가 없는 답답함. 무어라 대꾸도 못 하고 옮겨지는 궁외수를 바라보며 발만 굴렀다.

그때 구대통이 말했다.

"관두어라!"

무양이 성난 눈으로 돌아보았다.

"어쩔 수 없는 일 아니냐. 관두자!"

실의에 찬 무거운 얼굴로 편가연을 보는 구대통.

"네 처지를 이해하지 못하는 건 아니다. 그러나 지금의 선택은 반드시 큰 화를 낳을 것이다. 그 화를 당하는 곳이 무림일 수도 있고 너와 극월세가일 수도 있다. 오늘은 네 뜻대로 돌아가겠다. 하나 지켜볼 것이다. 멀지 않은 곳에서! 그것도 우리가 해야 할 일이니까!"

"……."

말이 없는 편가연. 구대통은 잠시 그녀를 보고 있다가 다친 배를 쥐고 돌아섰다.

"가자!"

움직이지 못하는 무양과 명원.

"가자니까!"

편가연을 노려보고 있는 그들을 구대통이 다시 한 번 재촉했다.

어쩔 수 없이 발길을 떼놓는 두 사람. 서슬 퍼런 두 눈이 마지막까지 편가연을 놓지 않았다.

월가인들이 갈라져 세 사람이 가는 길을 터주었다.

편가연을 향해 안타까운 눈빛을 흘리고 있던 미기마저 무림삼성을 따라 떠나고 나자 그제야 긴장이 풀린 편가연이 휘청거렸다.

"아가씨?"

설순평이 급히 부축을 했다.

"괜찮습니다. 대총관님. 어서 내원으로!"

억지로 정신을 가눈 편가연은 서둘렀다. 인내하고 있었지만 무참했던 외수의 상태 때문에 심장이 터질 것만 같은 그녀였다.

상황이 정리되자 편가연보다 먼저 내원으로 달려가는 자는 송일비와 조비연이었다.

第二章

생사의 기로에서

죽어? 누구 맘대로.

그는 내 허락 없인 절대 죽을 수 없어!

—염반야

구대통과 명원 등은 멀리 가지 못했다. 치료부터 해야 했기에 극월세가에서 얼마 떨어지지 않은 야산에 주저앉은 그들이었다.

"후우!"

자기 손으로 상처를 손보고 운기조식을 하는 구대통을 보고 있던 미기가 다소 걱정이 되는 듯 물었다.

"괜찮은 거야?"

"왜? 죽지 않아서 억울하냐? 고얀 것!"

눈을 흘기는 구대통.

"놈의 실체를 본 소감이 어떠냐?"

미기는 시무룩한 얼굴로 말을 먹었다. 자칫 죽을 뻔한 자신이었기에 입이 열 개라도 할 말이 없는 것이다.

"난 괜찮다. 네 태사부 상처 싸매는 거나 도와라!"

무양과 명원도 너덜너덜해진 겉옷을 벗어던지고 운기를 하고 있었다.

구대통만큼 큰 부상은 아니었으나 여기저기 자잘한 상처들이 적지 않았다.

깨끗한 천을 꺼내 명원의 상처를 닦고 싸매는 미기.

운기 중이던 명원은 그녀가 하는 대로 가만 내버려 두었다.

"우치 오라버니, 괜찮은 거예요?"

"홋, 괜찮을 리가. 꽤 오랫동안 고생하게 생겼다. 이만한 게 다행이지, 쩝!"

구대통의 대답에 명원이 안타깝단 얼굴을 했다. 사실 그 상황에 죽지 않은 것이 다행이었다. 궁외수에게 조금의 여유만 있었더라도 구대통은 살아남지 못했을 것이었다.

"망할 놈, 그 정도였다니."

명원은 궁외수 생각에 이가 갈렸다.

"오라버니, 앞으로가 더 걱정이군요. 지금도 이런데 빠르게 커져 가는 놈의 능력을 생각하면 다시 만났을 때 과연 제압이 가능할지."

"어쩔 수 없지. 그렇게 되면 전 무림이 나설 수밖에."

"놈에 대해 알려야 할까요? 미리 대비를 하려면⋯⋯."

"아니다. 극월세가가 걸려 있으니 일단 지켜보는 것으로 하자. 그것보다 그전에 극월세가 문제가 빨리 해결되어야 할 텐데⋯⋯."

구대통의 말끝에 무양이 꼬리를 달았다.

"우리가 알아봐야지."

"응?"

"낭왕의 죽음을 묻어둘 순 없지 않으냐. 복수를 해야지. 무림맹에서도 조사에 나설 테지만 우리의 책임을 외면할 수는 없다."

"그래, 궁외수 때문에 잠시 잊었군."

낭왕 생각에 씁쓸함을 삼키는 구대통이었다. 그는 멀리 극월세가 성채를 굽어보았다.

복잡하게 교차하는 심경. 모든 것이 극월세가로 얽혀 있었다.

*   *   *

별채 궁외수의 방 앞을 서성대는 편가연은 도저히 안정을 할 수가 없었다.

세가 의원들이 다 들어가고 꽤 긴 시간이 흘렀음에도 외수의 상태에 대한 소식이 없었기 때문이다.

"제발, 아아!"

쓰러질 것 같은 그녀였다. 이렇게 애를 태운 적이 없었다. 누군가를 향해 이렇게 간절히 기도한 적도 없었다.

"아가씨, 너무 걱정 마세요. 공자님께선 반드시 회복하실 거예요. 강인한 분이시잖아요."

"사월아, 너도 보지 않았느냐. 공자님 모습을. 그처럼 무참히… 흑!"

사월이의 위로에도 편가연은 감정을 추스르지 못했다.

얼굴을 감싸 쥐고 눈물을 보이는 그녀와 함께 문 앞을 지키고 선 송일비와 조비연도 침통하긴 마찬가지였다.

베이고 찔린 곳은 고사하고 얼굴을 알아보기조차 힘들 정도로 참혹하게 당한 외수의 모습 아니었던가. 회생은커녕 지금 당장 숨이 끊어져도 이상할 게 없는 상태였다.

"이봐, 비연!"

답답함을 이기지 못하던 송일비가 팔짱을 낀 채 벽에 기대어 선 조비연에게 넌지시 말을 건넸다.

"어떻게 될 것 같아? 살아날 수 있을 것 같아?"

숙이고 있던 고개를 들어 힐끔 쳐다보는 조비연. 하지만 그녀는 이렇다 저렇다 말도 없이 다시 묵묵히 고개를 떨어뜨렸다.

"쳇, 과묵한 건 궁외수나 똑같군. 여자가 과묵해서 좋을 게
뭐 있다고. 더구나 저리 예쁜 얼굴을 하고 말이야. 얼굴에 어
울리게 놀아야 할 것 아냐. 흥!"

혼자 투덜거리는 송일비.

별채 외수의 방 앞엔 그들 외에도 많은 사람들이 대기하고
있었으나 편가연의 흐느끼는 소리만 끊임없이 이어질 뿐이었
다.

*   *   *

외수의 방문이 열리고 의원들이 나온 건 밤이 꽤 깊은 시간
이었다.

"아가씨."

무려 여덟 명의 의원들. 지금까지 외수의 생명줄을 잡고 있
었던 그들이었다.

"어떻게 되었나요? 치료는 잘됐나요?"

편가연의 물음에 의원들이 어두운 기색을 지우지 못한 채
대답했다.

"네, 아가씨! 최선을 다해 치료했고, 완벽히 과정을 마쳤습
니다. 한데……."

"한데 뭐예요?"

터질 듯한 심장으로 재촉하는 편가연.

"맥은 뛰고 있으나 장담할 순 없습니다."

"……?"

의원의 대답에 편가연이 쓰러질 듯 흔들렸다. 사월이가 붙잡지 않았으면 주저앉았을 그녀였다.

"부상이 크고 깊은 데다 출혈 또한 너무 많았습니다. 경과를 지켜봐야겠지만 아마도… 오늘밤 사이가 고비일 것 같습니다."

"안 돼!"

비명이나 다름없는 편가연의 절규.

"살려내야 돼요. 살려내세요, 무조건!"

"아가씨……?"

"당신들은 극월세가 최고의 의원들이잖아요. 여덟 명이서 한 사람을 못 살린다는 게 말이 돼요? 안 돼요. 살려내세요. 반드시! 꼭!"

강요하듯 매달리는 편가연.

"아가씨, 이미 최선을 다했습니다. 더 이상 손을 쓸 순 없습니다. 일단 의식이 조금이라도 돌아오면 회생 가능성이 높아지겠지만, 그럴 가능성이……."

부정적인 대답.

낙담한 편가연은 결국 주저앉고 말았다.

"아가씨?"

사월이도 같이 주저앉아 흐느꼈다.

송일비가 무너진 편가연을 달랬다.

"고정하시오, 편 가주! 이렇게 허무하게 갈 인간이 아니오."

"안 돼!"

편가연이 벌떡 일어났다. 그리고 의원들을 제치고 외수의 방으로 달려 들어가려는 그녀.

조비연이 붙잡았다.

"편 가주, 절대 안정이 필요할 거예요. 흥분부터 가라앉혀요."

팔을 붙든 조비연을 보는 편가연이 그제야 눈물을 글썽이며 고개를 끄덕였다.

비연이 놓아주자 다시 제 모습을 찾은 편가연이 천천히 걸음을 옮겨 안으로 들어갔다.

비연과 사월이, 설순평 등이 따라 들어가고 나자 송일비가 의원에게 나직한 목소리로 물었다.

"시시의 상태는 어떻소?"

"그녀 역시 심한 상처이긴 하지만 생명엔 지장이 없을 겁니다."

그나마 다행이라는 듯 고개를 끄덕인 송일비. 그도 천천히
방으로 들어갔다.

병실이 되어버린 방 안이었다.

비린 혈향(血香)과 역한 약 냄새가 뒤섞인 방 안. 크고 넓은
창 안쪽으로 두 개의 침대가 조금의 거리를 두고 있고, 안쪽
엔 외수가 바깥쪽엔 시시가 누워 있었다.

독한 약물로 마취를 한 탓인지 잠이 들어 있는 시시.

그리고 외수의 침대 옆에 반야가 앉아 있었다.

처연한 모습의 그녀. 외수가 들려 오자 뚫린 벽으로 건너와
치료가 진행되는 동안 계속 자리를 지키고 있었던 모양인데,
외수의 한쪽 손을 잡은 채 소리 없이 눈물만 떨어뜨리고 있었
다.

"반 소저?"

그녀가 있을 것이라 생각하지 못한 편가연이었다.

반야의 고개는 돌려지지 않았다. 힘없이 잡은 손. 보이지
않는 그녀의 눈은 외수에게서 떨어질 줄을 몰랐다.

그 무거운 슬픔에 아무도 소리를 내지 않았다. 모두 아픔을
억누르고 있었다.

"궁 공자가… 위험해요."

문득 흐느끼듯 입을 연 반야의 말은 편가연의 불안함을 가

중시켰다.

"맥도 숨소리도 점점 약해져요."

천천히 편가연을 돌아보는 반야. 꼭 깨문 입술이 떨고 있었다.

"어떡하죠? 그가 죽을 것만 같아요."

"아니에요. 그렇지 않아요!"

편가연이 악을 쓰듯 부정했다.

"그는 약속했어요. 무슨 일이 있어도 나와 세가를 지켜주겠다고. 그럴 리 없어요. 절대 죽지 않아요!"

울분 섞인 눈물을 왈칵왈칵 쏟는 편가연.

그녀가 소릴 지른 탓인지 시시가 희끄무레 눈을 떴다.

"아가씨?"

"시시?"

시시가 일어나려 애를 쓰며 고통스러워했다.

송일비가 황급히 다가섰다.

"일어날 수 없소. 움직이지 마시오."

"아가씨, 공자님께선?"

고개를 들어 외수를 확인하는 시시.

그녀의 눈에 외수는 송장이었다. 보이는 것이라곤 감긴 눈과 머리칼뿐이었다. 팔과 다리, 몸통, 목과 얼굴까지 온통 붕대로 싸여 있었다.

"공자님······?"

시시가 일어나려 기를 썼다. 하지만 송일비가 붙잡았다.

"시시 소저, 왜 이러시오. 소저 역시 절대 안정이 필요한 상태요."

편가연도 송일비를 거들었다.

"시시, 괜찮아. 움직이지 마. 공자님께선 아무 일도 없으실 거야."

볼을 타고 흐르는 편가연의 눈물.

시시는 상황이 심상치 않음을 눈치챘다. 직접 보지 않았던가. 외수의 그 처참했던 모습을.

복부의 끊어질 듯한 통증 탓에 시시는 결국 일어나지 못하고 누워 눈물을 지었다. 할 수 있는 일은 기도하는 수밖에 없었다. 제발 살아주기를.

모두에게 힘든 시간이 이어지고 있었다. 외수의 손을 잡은 반야는 여전히 꼼짝을 하지 않았고, 편가연은 설순평 등과 중앙 탁자에 허물어지듯 넋을 놓고 앉아 있었으며, 송일비와 조비연은 뒤쪽 창틀에 기댄 채 상심 어린 눈으로 가끔 외수를 확인하듯 돌아볼 뿐이었다.

자정을 훌쩍 넘긴 시간.

누구도 자리를 뜰 줄 몰랐다.

"아가씨, 의원들께 맡기고 방으로 가셔요."

편가연이 걱정스러운 사월이 말했으나 편가연은 힘없이 고개를 가로저었다. 어떻게 그럴 수 있겠느냔 듯.

"사월인 설 총관을 모시고 들어가 쉬어라."

편가연의 말에 설순평도 고개를 저었다.

"아닙니다, 아가씨. 저도 궁 공자께서 회복하는 걸 반드시 확인하겠습니다. 틀림없이 차도를 보이실 겁니다."

숨이 막히는 시간들. 모두가 같은 마음이었다.

얼마나 시간이 흘렀을까. 속절없이 흘러 버린 시간은 새벽을 향해 가고 있었고, 다들 지쳐 기력을 잃어가고 있을 때였다.

사월인 설 총관과 함께 탁자에 엎드려 시간을 이겨보려 애쓰고 있었고, 송일비와 조비연도 아예 창틀에 걸터앉은 채 무거운 눈을 감고 있었다.

그런데 바로 그때 숙여져 있던 반야의 고개가 번쩍 들렸다. 외수에게서 변화를 감지한 것이다.

"공자… 님?"

반야의 목소리에 모두가 긴장하며 벌떡 일어났다.

"왜 그러세요, 반야 아가씨?"

계속 지켜보고 있던 시시가 가장 먼저 물었다.

"공자님 맥이……?"

"맥이 왜요?"

벼락같이 달려와 외수와 반야의 얼굴을 번갈아 보는 편가연.

"맥이 이상하게 들끓어요."

"들끓……?"

황급히 의원들이 외수의 손과 목의 맥을 짚어갔다. 그리고 보니 외수의 전신에 미세한 요동도 있었다.

사색이 된 의원들.

"왜 그래요? 어떤가요?"

"아가씨, 모르겠습니다. 이해할 수가 없군요. 맥이 힘을 찾아 뛰긴 하는데 규칙도 없이 날뛰는 양상입니다. 마치 용암이 불덩이를 튀기며 펄펄 끓는 것 같습니다. 이, 이럴 리가 없는데?"

난처해하는 의원들을 보던 송일비가 나섰다.

"비켜보시오. 확인해 봐야겠소."

기혈을 확인하기 위해 손을 잡아가는 송일비.

하지만 그때.

"크아아아악!"

괴성을 지르며 벌떡 일어나는 외수.

모두가 질겁할 정도의 괴성이었고, 그가 일어날 것이라곤 생각도 못 했기에 다들 기겁했다.

까뒤집어진 눈에서 쏟아져 나오는 혈광. 심장이 떨어질 만큼 놀란 의원들은 벌렁 뒤로 자빠졌다.

너무도 급작스런 상황에 다들 주춤하는 그때, 외수가 바로 옆에 있는 송일비의 어깨를 덥석 움켜잡았다.

"우욱!"

어깨가 으스러질 것 같은 무시무시한 악력. 그리고 바로 반대편 손이 송일비의 면상으로 향했다.

빽! 퍼퍽!

피할 틈도 없었다. 막아보려 허우적댔지만 외수의 주먹은 연거푸 송일비의 안면에 틀어박혔고 그것도 모자라 패대기치듯 내던지기까지 했다.

한데 문제는 거기서 그치지 않았다. 외수의 주먹이 오른편에 앉은 반야의 얼굴로 후려치듯 날아간 것이다.

"아앗, 안 돼요!"

찢어지는 시시의 고함.

"반야 아가씨잖아요!"

송일비와는 달랐다. 지근거리에서 방어까지 하며 맞았던 송일비와는 다르게 반야는 외수의 등주먹에 머리통이 으스러져 즉사할 수도 있는 상황이었다.

그러나 다행히 시시의 고함 덕분에 반야의 얼굴 바로 앞에서 외수의 주먹이 멈추었다.

섬뜩하고 아슬아슬했던 상황. 주먹이 후려쳐진 위력에 반야의 머리카락이 뒤로 날릴 정도였다.

멍한 반야의 눈. 그녀도 외수의 주먹이 날아들었음을 인지하고 있었다.

"고, 공자님……?"

주먹이 바르르 떨렸다. 아니, 외수의 전신이 떨고 있었다.

폭발할 듯한 혈광. 터져라 깨문 이빨. 무림삼성으로 인해 들끓은 영마지기가 여전히 연결되고 있는 외수였다.

"멈춰! 무슨 짓이야?"

조비연이 황급히 외수의 팔을 낚아채 갔다. 그러나 그것이 오히려 외수의 기운을 자극한 꼴이 되고 말았다.

휘익!

또다시 조비연의 면상을 향해 뻗는 외수의 주먹. 그러나 미리 준비한 조비연은 맞지 않고 얼굴을 피하며 손목을 붙들었다.

"정신 차려!"

두 손을 단단히 움켜잡은 조비연.

"끄으……."

조비연의 힘도 대단했으나 외수의 괴력을 감당할 순 없었다. 그가 힘을 쓰자 버티는 조비연의 인상에 한계가 드러났다.

위태롭고 위험한 상황. 조비연이 외수의 손을 놓친다면 당장 그녀부터 어떻게 될지 장담할 수 없었다.

그런데 그 위험한 상황에 엉뚱한 손이 끼어들었다.

"공자님, 진정하세요. 흑흑!"

외수의 왼팔을 붙든 이는 시시였다. 엉금엉금 기어오듯 다가온 그녀가 외수의 팔에 슬그머니 손을 올려놓은 것이다.

돌아보는 외수의 눈.

"공자님……."

시시의 맑은 눈망울에 눈물이 그렁그렁했다.

"시시……."

"네. 저예요, 공자님. 이제 정신 차리고 그만하세요. 흑흑흑."

그 순간 조비연은 외수의 팔에서 힘이 빠지는 것을 느꼈다. 번들거리던 혈광도 급격히 꺼져 가는 것을 확인할 수 있었다.

"시… 시……."

힘없이 떨어지는 외수의 눈. 외수는 모든 기력을 잃은 듯이 그대로 뒤로 허물어졌다.

"공자님?"

상태를 확인하기 위해 의원들이 바로 달라붙었다.

졸지에 얻어맞아 뺨이 붓고 입술이 터진 송일비도 얼굴을 만지며 일어나 다가왔다.

"어때요? 어떤가요?"

다급한 편가연의 재촉. 검진을 하던 의원들이 놀랍단 얼굴로 돌아보며 대답했다.

"안정되었습니다, 아가씨! 그런데 안정되었을 뿐 아니라 조금 전까지의 미약한 맥이 아니라 지극히 정상적으로 뛰고 있습니다."

의아한 표정의 의원들.

"그, 그럼……?"

"물론 더 지켜봐야겠지만 이대로라면 잘못될 일은 없을 것 같습니다."

"아!"

탄성과 함께 편가연의 얼굴에 안도감이 번졌다.

모두가 마찬가지였다. 시시는 물론 날벼락을 맞은 송일비도 기쁜 미소를 지었다.

"아아……."

반야가 외수의 손을 더듬어 맥을 짚어본 다음 눈물을 떨어뜨렸다.

"사월인 반 소저를 방으로 모셔라."

편가연이 크게 다칠 뻔한 반야를 걱정해 한 말이었다. 다시 어떤 일이 일어날지 몰라서였다.

"이제 다른 분들도 돌아가 쉬도록 하세요. 의원들께 맡기고 나가는 게 좋겠어요."

모두가 동의했다.

어느덧 새벽 여명이 날아드는 외수의 방. 의원들과 몇몇 시녀들만 남기고 모두가 빠져나왔다.

第三章

돌아온 절대자

그에게 똑같은 아들까지 있다고?

이런 우라질!

　　　　　　　　　　　　　　　　　　　－일월천 반역자들

　스스로 정파라 자처하는 백도인들이 마도의 땅이라 부르
는 청해(靑海).

　황하(黃河)와 장강(長江)의 발원지가 있는 땅이며 곤륜산맥
(崑崙山脈)을 비롯한 크고 작은 산맥들이 동서(東西)로 뻗은
고원(高原)의 땅.

　그리고 현 무림 최강의 집단 '일월천(日月天)' 이 있는 곳.

　정파든 사파든 죽음을 각오하지 않곤 들어올 수 없다는 일
월천의 권역. 그곳에 새벽 미명을 밟고 다섯 필의 말이 일월
천의 거대한 성으로 향하고 있었다.

뿌옇게 뒤집어쓴 먼지. 천천히 움직이는 말들.

앞선 두 필의 말 위에 앉은 사람 중 두툼한 장포를 두른 사내가 머리와 어깨의 먼지를 가볍게 털며 옆 사람에게 말을 건넸다.

"어떤가, 다시 돌아온 소감이?"

"시끄러!"

거친 대꾸 한마디에 대화는 더 이어지지 않았다.

넌지시 말을 건넸던 자는 쑥스러운 듯 빙긋이 웃고 있었지만 퉁명스럽게 받아친 자는 깊은 고뇌에 찬 사람처럼 눈앞에 일월천의 성벽이 있음에도 고개조차 들지 않았다.

삐익!

뒤따르는 자들 중 하나가 휘파람으로 신호를 하자 성곽 한쪽 성문이 육중한 동작으로 천천히 열렸다.

밝아오는 새벽빛이 싫다는 듯 거대한 성벽 안으로 사라지는 사람들.

그들은 성안으로 들어서자마자 말에서 내려 은밀하고 으슥한 통로를 통해 어디론가 이동해 갔다.

똑똑.

좁고 컴컴한 통로. 벽을 두드리자 안으로부터 무언가를 건드리는 소리가 들리고 희미한 기관 소리와 함께 벽이 갈라졌다.

환한 빛이 번지며 드러나는 넓고 화려한 실내.

"이제 돌아오십니까."

안에서 벽 문을 연 듯한 자가 통로를 이동해온 자들 앞에 머리를 조아렸다. 그 외에도 호위로 보이는 몇몇 무인들이 안쪽에서 허리를 꺾으며 맞이했다.

"아버지는?"

"돌아오시길 손꼽아 기다리고 계십니다."

두꺼운 장포를 두른 자가 머리를 조아린 자 너머로 보이는 침상을 향해 성큼성큼 걸어갔다.

"아버지!"

잠이 들어 있었던 듯 크고 화려한 침상 위 백발의 인물이 천천히 눈을 떴다.

그리곤 곧바로 환희를 보였다.

"중헌아!"

섭중헌을 향해 손을 뻗는 노령의 인물. 현 일월천의 교주 섭위후(燮偉珝)였다.

살아온 성상(星霜)을 가늠키 어려울 만큼 퀭한 눈에 피골이 상접한 몰골. 병색이 완연했다.

"놈! 녀석을 데려왔느냐?"

"예, 아버지!"

북천마군 섭중헌이 아버지 섭위후의 손을 놓고 옆으로 물러섰다.

　뒤에 선 자가 물끄러미 내려다보다 앞으로 한 걸음 다가섰다.

　"와, 왔구나. 이 녀석!"

　감격에 손까지 내저으며 허우적대는 일월천의 교주 섭위후.

　하지만 내려다보는 자는 무표정하기만 했다.

　"이놈, 궁뇌천! 이 야속한 놈!"

　눈물까지 글썽이는 섭위후였다.

　"이 무슨 꼴이오. 그 고생을 했으면 오랫동안 잘 먹고 잘살일이지 얼마나 살았다고 이 꼴이란 말이오."

　비통함이 느껴지는 타박이었다.

　"후후후, 골병이 든 걸 어쩌겠느냐. 내 명이 여기까지인 것을. 그나저나 네놈 꼴은 왜 그 모양인 게야? 그동안 비렁뱅이 행세라도 하고 다녔던 것이냐?"

　"……."

　"흣, 그런 모양이구나. 마도의 통일을 이끈 천하의 첩혈사왕이 거지꼴이라니. 이놈, 이 무정한 놈. 이리 오너라. 손 좀 잡아보자."

　버둥대는 섭위후 때문에 어쩔 수 없단 듯 한 걸음 다가서는 궁뇌천.

섭위후가 다시 놓치지 않겠단 듯 그의 손을 불끈 움켜잡았다.

"고맙다. 와주어서. 이제야 내가 편히 눈을 감을 수 있겠구나."

"뭐가 문제요? 든든한 아들도 있잖소."

"안 된다. 중헌인 역부족이야."

"흥, 그러게 한 세대가 지나기 전엔 융화 정책 같은 건 쓰지 말라고 하지 않았소. 놈들에게 힘을 주니 이 꼴이잖소."

"내 실책이다. 워낙 견고하게 이뤄진 통일이라 이런 상황을 예측 못 했다. 내 실수야."

"……."

"그러나 이제 네가 돌아왔으니 됐다. 이제 됐어!"

궁뇌천의 질책에도 기쁨을 주체하지 못하고 눈물을 글썽대는 섭위후.

일어나지도 못하는 그의 얼굴에서 오랫동안 드리워져 있던 죽음의 그림자가 조금은 덜어지는 듯했다.

그런 그를 보는 궁뇌천은 씁쓸함만 삼켰다. 과거 자신과 함께 마도 통일을 위해 동분서주하던 섭위후의 그 위맹했던 모습이라곤 찾아볼 수 없어서였다.

오는 동안 친구이자 부교주인 섭중헌에게 일월천의 상황

에 대해 자세히 들은 그였다. 속마음에 분노와 아픔이 교차하고 있었다.

"쉬시오. 씻어야겠소."

"오냐. 다신 떠나지 마라!"

"⋯⋯."

궁뇌천이 대꾸 않고 섭위후의 손을 놓고 돌아섰다.

방 안에 있던 자들이 서둘러 궁뇌천을 안내했다.

교주의 방 바로 옆 방 문을 열자 양쪽으로 줄지어 선 시녀들이 무릎을 굽혀 머릴 조아렸다.

방 안 가득한 향기로운 냄새가 코를 찔렀다. 이미 연락을 받고 음식들을 준비한 모양이었다.

안으로 들어서며 장포를 벗어던지는 궁뇌천. 패대기치듯 벗어던지는 손길에 화가 묻어 있었다.

"오전 중에 모조리 소집해!"

욕실 쪽으로 걸음을 옮겨가며 궁뇌천이 던진 말.

섭중헌이 따라가며 의아하단 듯 되물었다.

"오전 중에 모조리?"

"그래, 단 한 놈도 빠짐없이!"

"그, 그건 너무 촉박하잖아. 나가 있는 지부 수장들은 그 시간까지 집합하기 힘들어!"

"시끄러! 그건 그놈들 사정이고. 난 바빠! 날아오든 기어오든 그 시간까지 오지 못하는 놈은 다 목을 쳐 버릴 테니까 알아서 하라고 해!"

섭중헌이 우뚝 멈추어 섰다. 농담이 아닌 탓이다.

한다고 하면 어김이 없는 사왕. 목을 치고도 남을 사람인 것이다.

시녀들보다 앞서 욕실로 들어가는 그를 깊은 침음을 삼키며 보고 있던 섭중헌은 바로 돌아서 교주전 호위대 수장과 범태산 등에게 명령했다.

"들었지? 긴급 총회 소집! 하달해!"

"가, 가능하겠습니까?"

마찬가지로 사색이 된 범태산이 재차 확인을 했다.

"정오까진 세 시진밖에 남지 않았는데……?"

섭중헌이 두 팔을 펼쳐 보이며 자기도 난감하단 표시를 했다.

"어쩌라고? 몰라! 까라면 까야지 어떻게 해? 알아서들 기어오겠지. 서둘러 전하기나 해!"

"알겠습니다."

범태산 등이 급히 밖으로 뛰었다.

섭중헌은 궁뇌천이 들어간 욕실 문을 노려보며 큰 심호흡을 한 다음 조용히 따라 들어갔다.

시녀들이 나르는 물을 뒤집어쓰고 있는 궁뇌천.

섭중헌은 한쪽 벽에 붙어 서서 다시 말을 건넸다.

"어찌할 생각이야?"

그의 질문에 물에 젖어 늘어진 머리카락 사이로 눈을 들어 힐끔 쳐다본 궁뇌천이 한마디로 정리했다.

"썩었으면 도려내야지!"

"당장 말이야?"

"바쁘다고 했잖아."

"반발이나 반항이 있을 수도 있는데……."

"반항? 후훗, 그딴 걸 해주면 더 좋지! 감히! 빠드득!"

섭중헌은 더운 목욕물이 피어올리는 김 속에서 번쩍 광채를 발하는 첩혈사왕의 살기를 보았다.

섭중헌은 깜빡 잊고 있었다. 친구인 그가 영마였다는 사실을.

겁이라고는 없는 존재. 칼이 인간으로 화한 듯 그 자체가 공포인 인간.

섭중헌은 다시 조심스레 말을 건넸다.

"조금 천천히, 여유를 두고 살피면서 도모하는 것이 낫지 않을까……?"

어김없이 시퍼런 살기가 날아와 섭중헌의 면상에 붙었다.

"억지로 날 데려온 건 네놈이야. 자꾸 딴말하면 지금 돌아가는 수도 있어!"

"망할 인간! 여기까지 와놓고도 온통 돌아갈 생각뿐이로 군."

"여기까지 온 것만 해도 감사하게 생각해!"

"아들이 그리 걱정되냐? 네놈보다 더한 녀석이던데?"

"그러니 걱정이 되지. 전 무림의 공격을 받을 수도 있으니 까."

"그럼 이리로 불러오면 되잖아."

"이 새끼가? 너, 나가!"

시녀의 물바가지를 낚아채 신경질적으로 휙 집어던지는 궁뇌천.

졸지에 물을 바가지째 뒤집어써 버린 섭중헌이 콧방귀를 뀌며 느물느물 젖은 겉옷을 벗었다.

"흥, 여기가 내 방이란 걸 잊은 모양이군. 잘됐어. 어차피 씻어야 하니 같이 씻자고."

상의를 벗고 뻔뻔하게 궁뇌천 옆으로 와서 나란히 걸터앉 는 섭중헌. 빳빳이 고개를 쳐들고 외면하는 모양새가 죽일 테 면 죽이라는 식이었다.

시녀들이 서둘러 그에게도 물을 끼얹자 노려보던 궁뇌천 이 귀찮다는 듯 아예 시선을 거둬 버렸다.

*   *   *

상주인구만 해도 십여만 명에 달하는 방대한 일월천 성 안팎이 아침부터 크게 술렁이고 있었다.

교주 명으로 긴급 소집된 총회.

다들 의아해하며 허둥댔다.

교주가 병중이라는 것은 다들 아는 일이었고 오래된 사실이었다. 한데 느닷없이 긴급 총회라니. 거기다 내려진 명령은 더 어리둥절하게 만들었다.

하루 이틀도 아니고 당일 정오까지 대전(大殿)으로 모두 모이란 명령. 거기다 늦는 자는 목을 치겠다고 했다니 다들 믿지 못하겠단 분위기였다.

최근 수년간 이런 명이 하달된 적이 없었다. 교주가 병중에 들기 전에도 없던 일이었고, 과거 마도 통일 시기에나 있었던 살벌한 명이었기에 소집 당사자들은 재차 확인하고 또 확인하기에 분주했다.

정오가 가까운 시간.

주요 행정 수뇌들을 비롯해 각 당과 전각의 수장들, 그리고 무력부대 대주들을 비롯해 전서구로 연락을 받은 각처 지부장들이 속속 대전인 광명전(光明殿)으로 몰려들고 있었다.

"이봐, 연 대주! 자넨 무슨 일인지 들었나?"

"모르오. 그 말씀은 무력부장께서도 모르신단 말이오?"

"그래. 당최 짐작 가는 바가 없군. 도대체 무슨 일인지."

"혹시 교주의 상세가 악화되어 권좌 이양(移讓)을 하려는 게 아닐까요?"

"음, 그건 아닐 게야. 그런 일이라면 원로원(元老院)과 호교원(護教院) 등에서 먼저 정보가 새어 나왔겠지. 그리고 이렇게 급작스러울 리가 있나. 준비와 절차를 거쳐야 하는데."

"그렇다면 도대체 무슨 일일까요. 정말 궁금합니다. 근래 있지 않던 소집이라서."

과거엔 독립 조직으로 활약했으나 지금은 무력부 산하로 배속된 철혈마군의 대주 연우정(燕羽貞)과 일월천의 모든 무력 조직을 관장하는 무력 서열 구 위, 권력 서열 사 위의 무력부장 곽천기(郭天基)가 광명전으로 향하는 길에 마주쳐 나누는 대화였다.

아무래도 모르겠다는 듯 혼자 고개를 갸웃대던 철혈마군 대주 연우정이 풍채 좋은 곽천기와 나란히 걷는 또 한 사람에게도 물었다.

"홍 부부장께서도 혹시 들은 바가 없습니까?"

오십 중반의 키가 큰 인물. 곽천기에 이어 무력부 이인자인 홍인한(洪仁漢)이었다.

평소 눈치가 빠르고 머리 회전도 비상한 그는 무언가 깊은 고심에 빠진 듯 심각한 표정을 하고 있다가 연 대주가 묻자 대꾸 없이 고개만 설레설레 저었다.

무력부장 곽천기가 눈앞에 나타난 대전을 올려다보며 연우정의 궁금증을 끊었다.

"다 왔군. 뭐 들어가 보면 알겠지. 어서 가자고."

이미 정오가 가까운 시각. 멀리서 헐레벌떡 뛰어오는 군상들도 다소 보였다.

"그런데 뭘 하는 거지?"

광명전의 너르고 높은 계단을 오르던 곽천기가 대전 입구에서 웅성대는 사람들을 보고 의아해했다.

"소집자들을 일일이 확인하고 기록하는 모양이군요."

"뭐? 당주급 이상이면 천 명이 넘는데 그걸 다 기록한다고?"

"그런 것 같습니다. 거기다 대전을 둘러 호위들이 진을 쳤군요. 호교밀령각(護敎密靈閣) 아이들 같은데?"

황당해하는 곽천기. 전에 없던 행사들인 탓이었다.

호교밀령각은 호교원과는 또 다르게 교주전 소속 무력 집단이다. 교주가 위급한 상황이 아니고선 평소엔 모습조차 드러내지 않는 자들. 그런 자들이 광명전을 둘러싸 호위하고 있으니 의아할 수밖에 없었다.

"대체 이게 무슨 일이야?"

                    *   *   *

　대일월천의 세력을 자랑하듯 대략 일천여 명의 주요 직위
인물들이 들어찬 대전각 광명전.

　예고도 없이 급작스럽게 소집된 탓에 의문과 불만에 찬 소
리들로 인해 웅성웅성 장내가 시끄러웠다.

　모두가 지정된 각자의 자리에 앉아 기다리기보단 대개가
일어서서 이 사람 저 사람 부대끼며 의견을 나누느라 정신이
없었다.

　정중앙 단상의 교주 권좌는 비어 있었다. 과연 수년째 병중
인 교주가 과연 등장할까 모두가 궁금해했다.

　그때, 단상 쪽 앞문이 열렸다.

　일순 멈추는 소란. 다들 긴장한 채 숨 죽여 문을 주목했다.

　호위들을 거느리고 천천히 단상으로 걸어 나오는 한 사람.
그 순간 장내는 다시 술렁이기 시작했다.

　"뭐지, 북천마군 부교주잖아?"

　실망감의 표현일까. 다들 총회 소집을 명한 자가 교주가 아
닌 것 같아 표정들을 일그러뜨렸다.

　하지만 단상 중앙으로 나올 것 같던 북천마군 섭중헌이 앞
으로 나오지 않고 교주 태사의 뒤쪽 좌우에 놓인 두 개의 부

교주 자리 중 하나에 조용히 앉기만 했다.

다시 장내 수뇌들은 웅성거림을 멈췄다. 북천마군 부교주가 주인공이 아닌 듯해 다음 등장할 인물을 기다리는 것이었다.

그때 열려 있던 대전의 거대한 문이 천천히 닫히기 시작했다.

쿵!

여러 사람에 의해 힘 있게 닫혀 걸리는 문.

잠시 돌아보았던 사람들이 다시 중앙 단상의 북천마군 부교주를 응시했다.

하지만 그는 힘없이 시선을 떨어뜨린 채 앉아 있기만 할 뿐 어떤 행동도 하지 않았다.

잠시 그대로 시간이 흐르자 누군가 소리쳤다.

"부교주, 무슨 일이오? 총회는 진행하지 않소?"

그러자 북천마군이 천천히 고개를 들었다.

한데 그뿐이었다. 흐릿한 미소를 지을 뿐 가타부타 일언반구도 없었다.

사람들이 다시 웅성대기 시작할 때, 대전 입구 쪽 측면의 작은 문이 열렸다.

그리고 들어서는 서너 사람.

사람들은 뒤쪽 구석진 곳의 문이라 조금 늦게 도착한 자들이 들어오는 것이라 여겨 힐끔 쳐다보곤 별 신경을 쓰지 않았다.

"부교주, 뭐하자는 거요? 총회를 소집해 놓고 왜 물끄러미 앉아만 계시는 거요? 교주를 기다리는 것입니까?"

다시 어디선가 터져 나오는 고함.

그때 대답이 엉뚱한 곳에서 튀어나왔다.

"교주는 오지 않는다!"

입구 쪽 작은 문이 열렸던 곳이었다.

모두가 어둡고 침침한 그곳을 다시 돌아보았다.

세 명의 장한을 뒤에 거느리고 긴 장포를 휘날리며 걸어 나오는 인영.

"병중인 교주가 이 자리에 참석할 이유가 굳이 필요해? 필요한 사람 손들어!"

"누구냐?"

모인 자들 중 가장 높은 권력 서열에 해당하는 첩정각주(牒情閣主) 장측사(張側士)가 고함을 질렀다. 나이 일흔이 가까운 그는 정체 모를 자의 무례한 말투에 화가 났는지 단상 아래 지정된 최고위 수뇌들 자리에 유일하게 혼자 앉아 있다가 벌떡 일어났다.

"누군데 감히 교주에 대해 그처럼 무례한 언사를 입에 담는 게냐?"

"크크크큭!"

기묘한 웃음을 흘리며 천천히 걸어오는 자.

그의 뒤로 따르는 세 명의 그림자를 알아보는 자들이 있었다.

"범태산… 철혈마군 팔군 대장?"

범태산, 북소천, 화적룡. 세 사람은 자신들을 알아보는 주변 상황에 신경 쓰지 않고 앞서 걷는 첩혈사왕의 뒤만 묵묵히 따라 걸었다.

모두의 눈이 철혈마군 출신 세 사람을 거느린 중년 인물에게 집중됐다. 오만해 보이는 그의 정체를 파악하기 위해 모두가 안력을 키우는 그때. 그가 밝은 데로 나서자 장내는 점점 침묵에 휩싸이기 시작했다.

급속히 얼어붙는 분위기.

사색이 된 얼굴로 사지를 떨어대기 시작한 이가 있는가 하면, 자기도 모르게 뒤로 슬금슬금 물러나는 이도 있었다.

사내를 노려보던 첩정각주 장측사 역시 눈이 휘둥그레졌다.

"처, 첩, 첩혈… 사왕?"

말조차 잇지 못할 정도의 놀라움.

그 순간까지도 궁뇌천을 알아보지 못했던 이들도 첩정각주의 중얼거림을 듣고서야 뒤늦게 경호성(驚號聲)을 터트렸다.

"처, 첩혈사왕이라고?"

경악의 순간이 화난 불처럼 솟구치자 그 엄청난 이름 앞에 즉시 무릎을 꿇고 엎어지는 자들도 있었다.

"부, 부교주!"

머리를 처박고 즉시 놀라움과 경의를 표하는 자들은 과거 그의 심복이거나 수하들이었던 자들이었다.

하지만 궁뇌천은 그들을 거들떠보지도 않고 걸음을 이어 갔다. 그리고 단상 앞에 다다랐을 즈음 갑자기 걸음을 우뚝 세웠다.

일월천 내 최고 서열을 지닌 자들이 모여 있는 위치였다.

고개를 핵 돌려 바로 옆에 선 인물을 쩨려보는 궁뇌천.

눈길을 받은 자는 호교원주 삭비달(朔飛達)이란 자였다.

그는 청해의 장족(壯族) 출신으로 통일 이전 수라천교(修羅天敎)의 최고 무력부대를 이끌던 수장이었고, 궁뇌천의 철혈마군에 패해 강제 복속된 이후 일월천에 충성을 맹세했던 인물.

이제 육순을 넘긴 나이인 그가 궁뇌천이 쩨려보자 주춤주춤 어쩔 줄을 몰라 하며 식은땀까지 흘렸다.

"뇌 부교주?"

첩혈사왕 궁뇌천의 대외적인 성과 이름은 '뇌천'이었다. 그의 본 성씨를 아는 이는 교주 섭위후와 북천마군뿐이었다.

"삭비달! 네놈이 호교원주라고?"

작렬하는 살기.

"그, 그렇소. 영광스럽게도 막중한 책무를 맡았소, 부교주!
무, 무척 오랜만에 뵙는구려. 강녕하시었소?"

쩔쩔 매는 와중에도 정신을 집중하려 애쓰는 삭비달.

"보시다시피!"

"이렇게 다시 뵙게 되다니 꿈같소. 돌아오시어 기쁘오."

"그래? 그 말 진심이야?"

눈초리를 지그시 찢는 궁뇌천.

"그 무슨……? 진심이오. 이처럼 오랜만에 뵐 수 있게 되어
기쁘기 한량없소."

"그래? 그런데 네놈은 죽어야겠다!"

놀란 삭비달이 한 걸음 풀쩍 물러나며 경악했다.

"무, 무슨 소리요? 내가 왜?"

"네놈이 언제부터 대전에 감히 칼을 차고 들어오게 됐지?
교주가 허락한 행동이냐?"

"헉?"

장포 속 자신의 칼을 움켜잡는 삭비달.

"이, 이건 긴급 소집이라 엉겁결에! 차고 있는 줄도 몰랐
소!"

"그래? 오늘 말고, 대전과 교주전에서 칼을 차고 드나든 적

이 없단 말이지?"

다 아는 듯한 첩혈사왕의 눈빛.

삭비달은 질색했다.

"그, 그건 요즘 교내 분위기가 심상찮아 교주를 보호할 목적으로……."

"뭐가 심상찮았는데? 어떤 반란의 기미라도 보이던가?"

"……?"

삭비달이 대꾸를 못하고 머뭇대기만 했다.

줄줄 흐르는 식은땀.

그때 첩혈사왕의 손이 슬그머니 내밀어졌다.

그 손바닥을 내려다보는 삭비달은 그게 무슨 뜻인지 모르지 않았다. 칼을 달란 뜻.

삭비달은 만 가지 생각으로 머릿속이 뒤엉켰다. 어떻게 할 것인가.

다음 결과야 빤했다. 칼을 주어도 죽을 것이고 주지 않아도 죽을 것이었다.

도대체 이 괴물이 어떻게 나타난 것인지.

모든 것이 보장된 자리에서 갑자기 사라져 이십 년이란 세월 동안 나타나지 않았을 땐 모두가 죽었을 것이라 확신하지 않았던가.

그런데 그런 그가 버젓이 눈앞에 있다. 과연 그는 멀쩡할까. 과연 예전 그대로일까.

한 치 앞을 예견할 수 없는 삭비달은 최대한 빠르게 머리를 굴렸다.

"왜 이러시오, 부교주? 고정하시오! 난 현재 일월천 전체를 수호하는 임무를 맡은 호교원의 수장이오. 칼쯤 패용하는 것은……."

"칼쯤? 후훗, 많이 컸군. 삭비달! 간덩이가 부었어!"

"……?"

삭비달은 첩혈사왕의 무시무시한 살기에 또다시 뒤로 물러났다.

주저하며 판단을 미루고 있었지만 칼을 움켜잡은 손은 여차하면 뽑아 대항할 태세였다.

그때 옆에서 한 사람이 튀어나왔다.

"저, 정말 사왕이시오?"

얼굴을 자세히 확인하겠다는 듯 끼어들어 면상을 들이미는 인물.

궁뇌천은 바로 그를 알아보았다. 과거 철혈마군을 이끌던 시절 심복이었던 곽천기. 현 무력부장. 그의 면상은 환희와 감격에 들떠 있었다.

한데 그런 그의 면상에 별안간 궁뇌천의 주먹이 틀어박혔다.

퍽!

그 자리서 고꾸라져 피범벅이 된 곽천기.

당한 곽천기도 같이 있던 연우정도 부지불식간에 일어난 사태에 정신이 없었다.

궁뇌천이 쓰러진 곽천기를 노려보며 뒤쪽 범태산을 향해 손을 내밀었다.

즉시 알아들은 범태산이 들고 있던 첩혈사왕의 검을 받쳐 올려 손에 건넸다.

쓰르릉!

볼품없는 녹슨 철검이 뽑히자 장내는 기겁을 했다.

"사왕?"

턱주가릴 쥐고 올려다보는 곽천기. 하지만 궁뇌천은 그를 내버려 두고 삭비달에게로 성큼 다가섰다. 의도는 명백했다.

대경실색한 삭비달.

"뇌 부교주, 이러지 마시오! 많은 수뇌들이 지켜보는 자리요. 아무리 뇌 부교주라고 해도 이런 폭압은 참을 수 없소!"

삭비달이 물러서며 마주 칼을 뽑으려 움찔댔다.

"놈! 내가 왜 나타났는지, 예전 같을까 궁금하지? 답해주마!"

궁뇌천이 짧게 검을 내리그었다. 파공성 따윈 없었다. 마치 가볍게 가지고 논 것 같은 지극히 단순하고 짧은 동작일 뿐이었다.

여전히 칼을 뽑을 준비 태세인 삭비달.

그런데 뒤늦게 파공성이 일었다. 육신이 터지는 소리와 함께였다.

파파파파팟!

피가 튀는 삭비달의 몸뚱이. 머리끝부터 발끝까지 두 쪽으로 쪼개져 터져 나가는 그의 육신이었다.

"허어억?"

당사자인 삭비달도, 뒤늦게 그를 확인한 주변의 수뇌들도 경악을 했다.

가차 없는 행동. 어마어마한 무력.

첩혈사왕이 틀림없었다.

파팟!

삭비달의 몸뚱이는 사방으로 피를 뿌리며 완전히 두 쪽으로 갈라져 버렸고, 그 처참함에 모두가 하나같이 얼어붙었다.

"사, 사왕!"

삭비달의 무참히 쪼개진 시체 옆에서 으스러진 턱을 쥐고 일어난 곽천기가 덜덜 떨었다.

돌아보는 궁뇌천. 하지만 힐끔 돌아보았을 뿐 그의 눈은 또다시 엉뚱한 곳으로 옮겨졌다.

"네놈도 칼을 차고 있구나."

무시무시한 궁뇌천의 눈길을 받은 자는 무력부 부부장 홍인한이었다.

그는 삭비달과 달리 기세에 눌리지 않았다.

"뇌 부교주! 돌아오자마자 이 무슨 해괴한 망동이오!"

"내가 네놈들에게 까닭을 설명하랴."

궁뇌천의 손이 다시 들렸다. 한데 검을 쥔 손이 아닌 왼손이었다.

"부교주?"

삭비달의 죽음을 본 홍인한이 고함을 내지르며 즉시 칼을 뽑았다. 결코 그냥 당하고만 있지 않겠단 의지였다.

그때 누군가가 홍인한의 의지를 돕고 나섰다.

"부교주, 무슨 짓이오? 멈추시오!"

"그렇소. 갑자기 이 무슨 행동이오?"

한두 사람이 아니었다. 이곳저곳에서 궁뇌천을 질타하며 술렁였다.

그러나 궁뇌천의 들린 손은 전혀 아랑곳하지 않았다. 지극히 무심한 동작이 홍인한을 향했다.

"이런 젠장!"

화를 토한 홍인한이 즉각 대응을 했다. 손을 향해 거침없이 칼을 휘둘렀다.

하지만 허공을 베는 칼.

홍인한은 분명 느릿하게 날아드는 손을 정확히 벴다고 생각했다. 하지만 허상을 벤 듯 첩혈사왕의 손은 아무런 변화도 일어나지 않았다.

오히려 모든 시야를 가릴 만큼 거대하게 커진 형상으로 덮쳐드는 손.

퍼억!

단 일격이었다. 홍인한의 머리통은 형체도 없이 산산이 터져나갔다.

첩혈사왕 궁뇌천은 선 자리 그대로였다.

영마수(影魔手).

첩혈사왕만이 펼칠 수 있는 마공(魔功).

사람들은 이십여 년 만에 다시 눈앞에서 보게 된 첩혈사왕의 끔찍스런 무공에 혼비백산했다.

뒤로 넘어가는 홍인한의 머리통 없는 육신을 보던 첩혈사왕이 천천히 손을 내렸다.

그리고 주변을 쓸어보았다.

공포가 잠식한 장내.

"소리친 놈들이 어떤 놈들이지?"

아무도 대꾸하지 않았다. 질식할 것 같은 공포에 대꾸할 수가 없었다. 죽음 같은 침묵이 모두를 짓누르고 있었다.

"지금부터 교를 이 꼴로 만든 네놈들을 단죄하겠다!"

"사, 사왕?"

모두가 벌벌 떨었다.

그 위에 압도적인 첩혈사왕의 위엄이 내리깔렸다.

"통일의 위대한 역사를 저버리고 분열을 획책한 놈! 모두를 품으려는 섭 교주의 깊은 배려와 고마움을 오히려 기회로 여긴 이단자들! 또 그 힘을 따라 간교한 처세를 부린 놈들!"

모두가 얼어붙은 상황, 궁뇌천의 성난 고함이 더욱 끔찍스럽게 쩌렁쩌렁 울렸다.

"바로 이런 놈 같이!"

궁뇌천의 주먹이 다시 한 번 바로 옆에 선 곽천기를 두들겼다.

퍽!

여지없이 나가떨어지는 곽천기.

"피로 맹세한 충성, 교의 은혜마저 배반한 부끄러운 놈!"

내려다보는 궁뇌천의 눈길에 불길이 일었다.

깨문 이까지 바들바들 떨릴 정도의 분노. 과거 형제처럼 아끼던 부하였기에 더 그러했다.

그 순간 사람들이 술렁술렁 조금씩 움직이기 시작했다. 각자 슬금슬금 자리를 옮겨서는 것이었다.

궁뇌천은 그 꼴을 가만히 째려보기만 했다.

이쪽저쪽 군데군데 갈라서는 무리들. 편 가르기를 하듯 서로 거리를 두며 쪼개졌다. 여러 군집으로 나누어졌지만 크게 보면 양쪽으로 갈라선 모양새였다.

　그리곤 첩혈사왕 궁뇌천의 눈치를 보는 군상들. 그가 외친 살생부의 대상자든 아니든 모두 살기 위한 몸부림이었다.

　확연히 구분되었다. 한쪽은 기가 죽었고, 다른 한쪽은 경계의 빛이 역력했다.

　잠시 노려보던 궁뇌천이 단상을 향해 그들 사이로 걸었다.

　곧 터질 것 같은 무시무시한 살기가 걸음마다 뿌려지고 있었다.

　마도 전설의 귀환. 어떤 이는 이를 갈았고, 어떤 이는 속으로 환호하고 있었다.

　그때 단상 쪽 문이 다시 한 번 둔중한 소리를 울리며 열렸다.

　모두의 시선이 돌아간 그곳에 뜻밖에도 교주 섭위후가 등장했다.

　부교주이자 유일 혈육인 북천마군 섭중헌이 일어나 그를 맞았고, 궁뇌천도 예정에 없던 일이어서 우뚝 걸음을 멈추고 쨰려보았다.

　지금 행해지고 있는 대전 안의 상황은 관심 없단 듯한 모습으로 호위들의 부축을 받으며 천천히 태사의로 향하는 섭위후. 거의 들려서 옮겨지는 형국이었지만 어쨌든 그는 발을 바닥에 내딛고 있었다.

비쩍 마른 몸에 걸쳐진 화려한 용포(龍袍). 그게 아니었으면 대일월천의 교주라고는 생각지도 못할 늙고 초라한 모습이었다.

"교주!"

단상 오른쪽 군상들이 일제히 부복하며 오랜만에 모습을 나타낸 교주를 맞아했다. 왼편의 인간들도 주춤주춤 엎드려 경배를 표했다.

"모두 일어나라!"

태사의에 앉혀진 섭위후가 온후한 인상으로 아래를 굽어보았다.

"다들 오랜만이로구나. 반가운 얼굴도 있고."

눈을 마주치는 섭위후와 궁뇌천.

"후후, 이미 한바탕 한 모양이로구나. 급하기도 하지."

"뭣 하러 나왔소. 그냥 있지 않고."

"네가 모조리 죽일까 봐 나왔다. 가만히 있을 수가 없어서."

섭위후의 말에 궁뇌천의 눈초리가 삐딱하게 꺾였다.

"그러라고 날 불러들인 것 아니었소?"

잔잔한 웃음을 머금고 가만히 고개를 젓는 섭위후.

"이렇게 된 것은 다 내 실책이다. 내가 부덕했던 탓이야. 그러니 적당한 선에서 마무리해 주겠느냐?"

"개소리!"

분노가 그대로 전해지는 일갈이었다.

교주를 향해 감히 개소리라고 외칠 수 있는 존재. 누구나 다 아는 이십 년 전 첩혈사왕의 성질이었다.

죽이고자 마음먹은 자는 결단코 살려둔 적이 없는 일월천의 절대 공포.

모두가 숨죽인 정적 속에서 섭위후의 음성이 내리깔렸다.

"내 마지막 부탁이라면 들어주겠느냐?"

"……?"

궁뇌천의 신형이 살짝 흔들리는 듯했다.

"나를 책망하라. 원래 우리가 그러하지 않았더냐. 누구나 힘을 원하고 강한 자가 살아남는 세상. 누굴 탓하랴? 네가 저들을 짓누르는 것도 같은 생리 아니더냐."

"그러니 난 누르겠소. 그것 역시 강자의 권리이니."

돌이킬 수 없는 고집이었다. 지금까지 첩혈사왕의 마음을 돌린 자도 없었고 돌린 적도 없었다.

섭위후가 일어서려 애를 썼다.

"교주?"

옆의 호위들이 부축을 하고서야 섭위후는 간신히 일어설 수 있었다.

"뇌천! 잠시만, 잠시만 기다려라. 모두에게 할 말이 있다."

분노를 이기지 못해 검을 쥔 손을 바르르 떨고 있던 궁뇌천이 다시 섭위후를 노려보며 말할 시간을 묵인했다.

"일월천의 모든 제장(諸將)들은 들어라!"

제법 힘을 싣는 섭위후의 음성.

"보다시피 난 늙고 병들었다. 오늘 이 자리에 서서 돌아온 사왕과 여러 형제들을 볼 수 있어 기쁨을 주체할 수가 없다. 그간 무능한 나로 인해 제장들의 마음을 요동치게 한 점 사과한다."

"교주!"

궁뇌천의 노성. 그딴 사과를 용납할 수 없단 화가 그대로 섭위후에게 날아가 꽂혔다.

하지만 섭위후는 아랑곳하지 않고 말을 이어갔다.

"나는 오늘 이 시간부로 일월천의 교주 권좌를 돌아온 사왕에게 이양하려 한다."

장내에 모인 수뇌들보다 궁뇌천이 더 놀라고 발끈했다.

"교주!"

다시 터져 나오는 고함. 단상으로 날아오를 듯한 궁외천의 기세였다.

그러나 섭위후가 제법 힘을 실어 그를 제지했다.

"이 녀석, 거기 그대로 있거라! 내 말 끝나지 않았다! 원로 원주 어디 계시오?"

"예, 교주!"

오른쪽 무리 속에서 교주만큼이나 늙은 인물이 황망히 앞으로 나섰다.

"신속히 원로원 회의를 소집해 교주 권좌 이양을 의결하고 신임 교주를 승인토록 하시오!"

"명을 받들겠습니다."

"무력부장!"

"예엣, 교주!"

엎어져 있던 곽천기가 엉금엉금 기다시피하며 단상을 향해 자세를 바로 했다.

"쯧쯧, 아주 떡이 되었구나."

안쓰럽다는 듯 혀를 차는 섭위후.

"죽여주십시오, 교주!"

"네 목숨은 내가 아니라 첩혈사왕 신임 교주에게 달렸다. 하나 생사 여부가 결정될 때까지 네 할 일은 다하라! 이 시간 이후 일월천의 모든 무력 조직은 신임 교주 첩혈사왕의 명만 받는다. 하나같이 개죽음당하고 싶지 않으면 어떠한 동요도 없게 알아서 통제하라!"

"존… 명!"

풀이 죽은 곽천기의 대답을 확인한 섭위후가 또 다른 이를 호명했다.

"밀령각 수장은 앞으로 나서라!"

푸른 장포를 두른 자가 바로 뒤에서 비호처럼 튀어나와 부복했다.

"호교밀령각 절대 수칙 첫 번째가 무엇이냐?"

"교주와 권좌를 수호하는 일입니다."

"그럼 지금부터 밀령각이 해야 할 일은?"

"첩혈사왕 신임 교주를 경호하고 보좌하는 일입니다."

"알면 됐다. 지금부터 내 전각에 머물던 모든 밀령들을 과거 사왕이 머물던 정천각(頂天閣)으로 이동시켜라!"

"존명!"

"무슨 짓이오?"

참다못한 궁뇌천이 기어이 단상으로 뛰어올랐다. 노기가 펄펄 끓는 궁뇌천.

하지만 섭위후는 빙긋이 웃음만 흘렸다.

"잘 올라왔다! 때맞춰 올라오는구나. 후후훗!"

"……?"

섭위후가 태사의를 비우고 한 걸음 옆으로 물러났다.

"앉아라! 본디 네 자리였고, 나보다 네가 더 어울리던 자리 아니더냐!"

"내 의사는 확인도 않고 뭐하는 짓이오?"

붉으락푸르락 폭발 직전인 궁뇌천.

아들에게로 돌아가야 하는 그로선 이해해 줄 수도 없었고 받아들일 수도 없었다.

하지만 섭위후는 여전히 웃음기만 머금고 있었다.

"이제 네가 교주다. 저놈들을 죽이든 살리든, 그리고 권좌를 내팽개치든 말든 네 맘대로 할 수 있다. 정히 싫으면 네가 다른 놈에게 넘겨!"

"……?"

궁뇌천은 당최 무슨 꿍꿍인지 알 수가 없었다. 그의 말대로라면 반역을 꾀한 놈들을 다 죽이고 권좌 또한 섭중헌에게 넘겨 버리면 그만이었다.

"이제 더 이상 서 있지도 못하겠구나. 난 가겠다. 알아서 잘해라!"

허우적대며 신형을 옮겨가는 섭위후. 궁뇌천이 노기를 지우지 않고 나가는 그를 노려보았다.

그런데 그때 섭위후의 신형이 급격히 흔들리더니 쓰러질 듯 비틀거렸다.

"교주?"

호위들이 아니었다면 앞으로 고꾸라졌을 섭위후. 그는 정신을 잃은 듯했다.

호위들이 그를 흔들며 깨우려 애를 썼다.

"교주? 교주?"

북천마군 섭중헌이 달려들고 궁뇌천도 천천히 다가섰다.

"아버지, 정신 차리세요. 괜찮습니까?"

쓰러진 아버지를 잡고 울부짖듯 흔들어대는 섭중헌.

"괜… 찮다. 어지러워. 그만 흔들어!"

기력이 다 빠져나간 목소리.

"괜찮소?"

위에서 물끄러미 내려다보는 궁뇌천이 물었다.

빙긋이 웃는 섭위후의 웃음.

"그래, 아직은 안 죽어!"

"……."

궁뇌천에게 섭위후의 흐릿한 웃음은 가슴이 저렸다. 자신을 거둬 아들과 똑같이 키우고 가르쳐 준 사람.

섭위후가 손을 들어 궁뇌천의 손을 꼭 부여잡았다. 하지만 처음 잡았을 때와는 달리 너무도 미약한 손이었다.

"걱정 마라. 아직 안 죽을 테니."

"……."

"네게 가르쳐 주고 싶었다. 태사의에 앉으면 모든 걸 알 것이다. 내가 네게 너무 큰 짐을 지우는 것 같으냐? 하지만 어쩔수가 없는 것을. 순리대로 살아라. 운명을 거역하려 하지 마.

흘러가는 물을 막으면 엉뚱한 피해가 발생하듯 인위적으로
안 되는 게 있단다."

"……."

어린 자식에게 말하듯 다정하고 포근한 음성.

그의 말은 비단 권좌만을 두고 한 얘기가 아니었다.

"기다리고 있으마. 현명한 결정을 해라! 가자!"

섭위후는 호위들에게 들린 채 빠르게 대전을 나갔다.

정적이 흐르는 장내. 궁뇌천과 섭중헌은 우두커니 선 채 말
이 없었다.

고뇌의 시간. 궁뇌천에게 섭위후가 남긴 말들은 엉뚱한 번
민을 던졌다.

속절없이 흐르는 시간. 누구도 찍소리 않고 지켜보고 있을
때 궁뇌천이 태사의를 돌아보았다.

교주를 상징하고 교주만이 앉을 수 있는 용좌(龍座).

궁뇌천은 섭위후의 염원대로 일단 앉아보기로 했다. 앉으
면 알 수 있다고 했으니 번민의 시간을 줄이겠단 행동이었다.

성큼성큼 걸어가 주저 없이 앉는 궁뇌천.

그 순간 대전의 모든 것이 일치되어 움직였다.

"교주!"

일천여 명 인간들이 일제히 엎어져 동시에 내뱉는 함성.

놀라 벌떡 일어난 궁뇌천이었다.

친구이자 형제나 다름없는 섭중헌까지 무릎을 꿇고 머릴 조아리고 있었다.

"이 영감태기가?"

궁뇌천은 섭 교주의 의도를 알 것 같았다. 태사의에 앉았을 때와 그러지 않았을 때의 느낌은 확연히 달랐다. 누구도 함부로 죽여선 안 된단 중압감. 모두를 책임져야 한다는 의무감.

머릿속이 정리되기 시작했다.

부복한 일천여 명을 한동안 내려다보고 섰던 궁뇌천은 다시 천천히 자리에 앉았다.

그리고 비스듬히 턱을 괴고 앉아 생각을 이었다. 친구인 중헌이 맡았으면 어떻게 되었을까? 아마 사흘을 넘기지 못했을 것이다.

반역이 시작되고 그는 죽임을 당할 것이며 일월천은 사분오열 풍비박산이 날 것이었다.

"음……!"

깊은 신음을 흘리는 궁뇌천. 그런 움직임을 잠재우고 통솔할 수 있는 자는 이 시점 자신뿐임은 틀림없는 사실이었다.

그러면 아들 외수는 어쩌는가.

순리대로 살아라. 운명을 거역하려 하지 마.

"여우같은 망할 영감태기!"

궁뇌천은 입술을 질끈 깨물었다. 일순간에 자신을 옭아매 버린 섭위후였다.

내려다보는 대전 안은 숨소리 하나 나지 않았다. 머리를 처박고 꼼짝도 않는 자들. 그 고요 속에 궁뇌천이 입을 열었다.

"곽천기!"

"예옛, 교주!"

갑작스런 호명에 곽천기가 당황하며 대답했다.

"네놈을 죽이진 않겠다. 하지만 유배 또는 뇌옥에 처넣을 것이다."

"가, 감사합니다, 교주!"

곽천기는 목이 달아나지 않는 것에 감사했다. 첩혈사왕의 성격이라면 자신의 목은 물론이고 가족들까지 처단하고도 남을 사람인 것이다.

"무력부 예하 부대 편제가 어떻게 되어 있느냐?"

"전투 부대 여덟, 기마 부대 넷, 철혈마군 포함 특수 임무 부대 셋, 총 열다섯 전대로 편성되어 있습니다."

"흠, 특임대 수장들 대가리 들어!"

궁뇌천의 명에 곽천기 뒤쪽 철혈마군 대주 연우정을 비롯해 세 사내가 고개를 들었다.

그들을 일일이 확인한 궁뇌천이 곽천기에게 다시 물었다.

"저놈들 중 네놈처럼 삭비달과 연관되거나 반역 세력에 휩쓸린 놈 있어?"

"어, 없습니다."

"그럼 지금 당장 저 셋과 함께 부대를 이끌고 호교원과 삭비달의 집으로 달려가 그의 심복들과 사병, 그리고 일족들을 모조리 처단하고 돌아온다. 알겠어?"

"존명!"

"그리고 네놈 뒤에 있는 홍인한 그놈 집구석도 마찬가지! 풀씨 하나 남기지 말고 모조리 척살하도록! 두 시진 주겠다. 그 안에 돌아와서 보고하도록!"

"존명!"

명령을 받으면서도 덜덜 떨었던 곽천기가 허겁지겁 일어났다. 그리곤 명을 이행하기 위해 곧장 뒤따라 일어난 세 사람과 함께 비호처럼 대전을 빠져나갔다.

궁뇌천은 눈은 남은 자들에게로 다시 향했다.

다시 정적이 깔리는 대전 안. 일족까지 몰살하라는 가차 없이 내려진 명령에 모두가 공포에 절었다.

무력 서열 십 위 안팎에 있던 삭비달이 칼조차 뽑아보지 못하고 도륙당할 정도의 끔찍한 무력.

나이 서른다섯도 되기 전에 이미 '절대자', '천하제일인' 이라 불렸던 그가 아닌가.

장장 이십 년 세월. 그 끔찍한 인간이 살아 있었고, 이처럼 느닷없이 돌아올 것이라곤 누구도 예상 못 한 일이었다.

　　다시 살기가 휩쓸었다.

　　"네놈들 중에 삭비달과 같이 망상을 꿈꾼 놈이 많다는 것 알고 있다. 자진해서 튀어나오도록!"

　　"……."

　　곳곳에서 움찔거렸다. 그러나 일어서는 자는 없었다.

　　다시 터지는 궁뇌천의 고함.

　　"내가 내려가랴? 좋게 말할 때 기어 나와라! 네놈들 중 태반이 반역을 도모했다는 것 알고 있다."

　　"……."

　　여전히 앞으로 나서는 자는 없었다. 누가 죽을 걸 알고 앞으로 나서려 할까.

　　분명 지난 이십 년간 기회를 엿본 자들은 많았다. 첩혈사왕이 사라진 후 복속된 거의 모든 세력들이 다 그랬다. 하지만 나설 순 없었다. 나서는 순간 자기만 죽는 것이 아니라 가족들까지 다 죽일 것이기 때문이었다.

　　대항조차 할 수 없는 공포.

　　참다못한 궁뇌천이 한 사람을 호명했다.

　　"귀영천사(鬼影天使) 풍미림(豊美琳)!"

　　"예엣? 사왕?"

뜻밖에도 왼쪽이 아닌 오른쪽 무리 속에서 한 여인이 벌떡 일어섰다.

아직 서른도 안 되어 보이는 미모의 여인.

하지만 그녈 노려보는 첩혈사왕의 눈은 결코 곱지 못했다.

"오랜만이군. 귀영천사!"

"네, 오랜… 만이어요."

"전혀 반갑지 않은 모양이군. 그 벌레 씹은 표정의 실체는 뭘까?"

"아니 뭐, 너무 갑작스럽게 나타나셔서……."

"그게 아니라 지은 죄가 있어서겠지. 마지막 기회다, 귀영천사! 이실직고해!"

궁뇌천의 경고에 풍미림이 펄쩍펄쩍 뛰며 두 손을 내저었다.

"아니에요, 사왕! 오해예요. 죄라뇨. 사왕께서 사라진 동안 제가 조금 깝죽대며 건방을 떨긴 했어도 우리 귀영교 사람들은 절대 모반 따윈 꿈꾸지 않았어요. 정말이에요. 믿어… 주세요."

"……."

울상을 해보이는 풍미림을 노려보는 궁뇌천.

주안술(駐顔術)로 아름다운 얼굴을 하고 있어도 귀영천사란 별호를 가진 풍미림은 오십이 다 된 중년의 여인이었다.

철혈마군에 의해 멸망한 귀영신교(鬼影神敎) 교주의 딸이며 그곳의 성녀(聖女)였던 여인.

첩혈사왕이 사라진 이후 귀영신교의 세력과 자신의 무력만 믿고 오만방자했던 그녀도 지금 이 순간 고양이 앞의 쥐처럼 목이 달아날까 눈치 보는 데 정신이 없었다.

"그럼 어떤 놈들이지?"

"네?"

화들짝 놀라는 풍미림.

"어떤 놈들이 섭 교주 죽는 날만을 기다렸냐고? 너희 귀영교 세력이 가장 약하니 분명 손을 뻗친 놈들이 있을 터. 순순히 불면 네 죄만큼은 용서해 주겠다."

용서해 준다는 말에 풍미림이 어쩔 줄 몰라 하며 자기도 모르게 뒤쪽을 돌아보았다.

"그, 그것이……."

쉽게 대답을 못 하는 풍미림. 하지만 궁뇌천은 그녀의 시선이 가서 붙는 자들을 놓치지 않았다.

"기어 나와!"

오금이 저리고 뇌가 흔들릴 정도의 고함.

풍미림은 움츠린 어깨에 목을 집어넣고 벌벌 떨기만 했고, 엎드려 있던 자들 중 한 사람이 입술을 질끈 깨물고 어쩔 수 없다는 듯 일어났다.

"첩혈사왕 신임 교주께 아뢰겠소!"

허연 은발에 흰 수염을 늘어뜨렸으나 당당한 체격과 화려한 장포가 멋스런 인물. 단상의 궁뇌천을 노려보는 눈빛이 한 서린 것처럼 핏빛이 어렸는데, 그는 혈수교(血修敎) 출신의 탁문의(卓文義)라는 자였다.

과거 '혈천수라(血天修羅)'라는 별호로 불리며 혈수교주 바로 아래 막강 권력을 휘둘렀던 자.

"섭 교주도 말하지 않았소. 사태가 이렇게 된 데에는 분명 권력이 스스로 빈틈을 보인 탓도 있는 것이오. 나약해진 권좌, 기회가 보이는데 복속된 세력 중 어느 누가 혼자 쭈그리고 앉아 있으려 하겠소. 이 사태의 불가피성을 인정해 주시길 바라오!"

용기 있는 발언이었다.

그로선 이래도 저래도 안 될 일, 할 말이나 해보잔 심정으로 외친 말이었다.

턱을 괸 자세로 묵묵히 듣고 있던 궁뇌천이 비릿한 미소를 지었다.

"인정하지!"

"……"

선뜻 튀어나온 대답에 혈천수라 탁문의의 표정이 어벙해졌다. 하지만 이어진 대답은 다시 얼굴을 굳게 만들었다.

"한데, 내가 네놈들을 죽이는 것도 불가피한 일일 테지!"

"빠드득!"

이를 가는 탁문의를 보며 천천히 일어서는 궁뇌천.

"네놈도 감히 칼을 차고 들어왔구나!"

탁문의가 장포 속에서 삐쭉 튀어나온 자신의 도를 내려다 보았다.

"칼을 차고 대전을 드나든다는 것은 뭔가 불안한 것이 있단 뜻이고 여차하면 반역을 하겠다는 뜻이겠지?"

엄습하는 궁뇌천의 살기. 탁문의는 어차피 살기 어렵단 판단에 거칠게 칼을 뽑아 들며 소리쳤다.

"첩혈사왕! 분열을 부르는구나! 우리가 앉은 채로 개죽음을 당할까 보냐?"

"저항해 보겠다는 뜻이냐?"

궁뇌천이 피식 웃었다. 차라리 그러길 바라고 있는 궁뇌천이었다. 그러면 일일이 추릴 필요도 없이 반역도들을 단번에 처단할 수 있어 더 좋을 뿐이었다.

흥분한 탁문의. 좌우 뒤쪽을 돌아보며 동조자들을 부추겼다.

"모두 싸우자! 이대로 죽을 순 없다!"

카랑! 카랑!

여기저기서 도검들이 거칠게 뽑혀 올랐다. 하지만 단상을 호위한 무인들과 기존 일월천 수뇌들이 탁문의를 향해 뽑아 드는 소리였다.

탁문의 주변의 움직임은 없었다.

그의 심복 두 사람이 어쩔 수 없단 듯 눈치를 보며 일어났 을 뿐, 모두가 더 깊숙이 머리를 처박고 미동도 보이지 않았 다.

"이이, 이런 멍청이들!"

흥분하는 탁문의를 지켜보며 궁뇌천은 느긋이 기다렸다.

이를 갈던 탁문의가 광소를 터트렸다.

"크하하하, 크하하핫핫! 참으로 궁상맞구나! 그렇게 머리 처박고 있으면 살 것이라고 그러고들 있는 것이냐?"

더 이상 동조하고 일어나는 자가 없자 궁뇌천이 뒤쪽 범태 산에게로 손을 뻗었다.

슈욱!

범태산의 손에서 뽑혀 유려한 동선을 그리며 날아와 쥐어 지는 철검.

물고 있던 비린 미소가 사라진 궁뇌천이었다.

그때 탁문의가 노호와 함께 단상을 향해 날아올랐다.

"첩혈사왕!"

동시에 그의 심복 두 사람도 따라 솟구쳤다.

궁뇌천은 기다리지 않았다. 그가 단상을 박차는 순간 섬광처럼 쏟아져 세 사람을 덮쳐 갔다.

콰콱! 파파파팍!

특별히 도검이 격돌하는 소리조차 들리지 않았다. 그저 쏟아진 빛줄기 하나가 세 개의 육신을 뚫고 지나는 것만 같았다.

하지만 훑고 지나는 순간 수차례의 검기가 번쩍였고 세 사람의 몸뚱이는 폭발하듯 터져 나갔다.

빗물처럼 뿌려지는 피와 터져 버린 육신의 잔해들이 엎드린 자들을 뒤덮고 흩뿌려졌다.

찰나의 순간에 끝내 버린 무자비한 도륙.

사람들은 자신의 머리를 적신 피와 눈앞에 뒹구는 육신의 조각들을 보면서도 기함조차 터트리지 못했다.

도망갈 여지라도 있으면 도망치고 싶은 심정.

일어나 싸울 수도 없었다. 첩혈사왕이 없을 때라면 모를까 지금은 더욱 승산 없는 싸움이었다.

쾅!

궁뇌천이 세 사람을 벤 자신의 검을 태사의 앞 탁자에 내리꽂는 소리였다.

"마지막 기회를 주겠다! 방금 혈천수라처럼 칼을 빼들고 만용을 부려보든지 아니면 자신의 발로 기어 나와라! 아니면 남은 일족들마저 모조리 도륙해 주마!"

대전 전체가 진동할 만큼 울려 퍼지는 광마후(廣魔吼)!

사람들은 덜덜덜덜 정신이 없을 만큼 떨어댔다.

"사왕!"

그 와중에 한 사람이 벌떡 일어났다.

"방금 그 말씀은 가족들은 살게 해주겠단 뜻이오?"

궁뇌천이 노려보았다. 과거 '마곡(魔谷)'이란 집단을 이끌던 번천강(繁泉剛)이란 늙은이였다.

끄덕.

궁뇌천이 짧게 끄덕였다.

번천강이 재차 확인했다.

"정말이시오?"

"지금 네놈이 내 말을 의심하는 것이냐?"

"아니오! 아니오! 아량을 베풀어주어 감사하오! 처결을 받기 전에 자식들에게 한마디 남기게 해주시오."

궁뇌천의 고개가 다시 끄덕여졌다.

"허락한다!"

번천강이 즉시 옆쪽을 돌아보았다.

"아버지……."

삼사십 대로 보이는 세 명의 사내들이 엉거주춤한 자세로 일어나 있었다.

입을 꾹 다문 채 잠시 세 아들을 바라보던 번천강이 말했다.

"부끄러운 아비를 용서해라. 이 시간 이후 마곡 식구들을 비롯한 너희 셋은 절대 첩혈사왕 교주 앞에서 실수하는 일은 없도록 해라! 망상이고 허황한 꿈일 뿐이다."

짧았지만 많은 의미를 전달한 말이었다.

"아버지……."

번천강은 아들들에게서 눈을 거두고 단상 첩혈사왕을 올려다보며 미련 없이 자신의 머리를 쳤다.

퍽!

"아버지?"

세 아들이 달려들었으나 번천강은 이미 머리통이 터진 채 넘어가고 있었다.

일말의 미련도 남기지 않겠단 듯 가차 없는 행동. 번천강으로선 최선의 선택을 한 것이었다.

시체를 부여잡고 오열하던 아들들이 울분을 떨치지 못한 채 단상을 올려다보았다.

하지만 질식할 것 같은 살기가 도리어 쏟아졌다.

"감히 네놈들도 무기를 찼구나!"

세 형제는 즉시 장포 속 칼들을 끌러 바닥에 내려놓았다. 그리고 머리를 처박고 읊조렸다.

"사왕! 아비의 시체를 온전히 보존해 장례를 치를 수 있도록 허락해 주십시오."

묵묵히 내려다보던 궁뇌천이 고개를 끄덕였다.

"허락한다!"

"감사합니다!"

바로 시체를 들고 일어나는 형제들.

그들이 나가자 다른 자가 그들 자리에 섰다.

"사왕, 흑혈(黑敎)의 벽사우(壁士右)요."

기골이 장대한 중년인. 흑혈이야 직접 멸망시켜 복속시켰으니 알지만 궁뇌천으로선 처음 보는 인간이었다.

"네놈이 혈교 무리의 우두머리냐?"

"그렇소! 내가 주동했소."

"……."

궁뇌천은 지그시 누른 눈초리로 그를 훑었다. 흘리는 기운이 훌륭했다. 마흔 언저리 나이에 지나지 않는데도 무리의 수장이 되었다는 건 그만한 능력을 무리로부터 인정받았단 얘기.

기운, 눈빛, 자세… 쓸 만한 인간이었다.

"무리를 부추겨 일월천을 흔든 것을 후회하오."

"그래?"

궁뇌천은 이놈을 어떡할까 궁리했다. 죽음을 내리기보단 뇌옥에 잠시 처박아두면 일월천을 위해 훌륭하게 쓰일 데가 있을 듯했다.

궁뇌천은 싱긋이 웃으며 내심 작심을 했다. 훗날 혈교 무리들의 충성을 끌어내는 데도 도움이 될 놈이란 판단에 살리기로.

한데.

"사왕, 당신은 애초에 사라지지 말아야 했소."

"……?"

한 점 흐트러짐 없이 똑바로 올려다보고 뇌까리는 벽사우.

"그랬다면 이런 일 없이 어쩌면 처음부터 모두 융화되었을지도 모를 일이오. 부족하겠지만 나 하나로 만족하시고 부디 혈교의 남은 일족들을 살려주길 바라오."

슥!

일말의 주저함도 없이 자신의 관자놀이로 엄지손가락을 찔러가는 벽사우.

너무도 빠른 선택. 궁뇌천이 대처할 틈도 없어 보였다.

그러나 벽사우의 손가락이 태양혈(太陽穴)에 박히려는 찰나 그의 몸이 거세게 요동쳤다.

퍼퍼퍼퍽!

팔과 가슴팍에 연거푸 쏟아진 충격에 휘청대는 벽사우.

궁뇌천이 쏜 지풍(指風), 마도의 탄지신공(彈指神功)이었다.

손가락만 한 구멍이 뚫려 앞뒤로 피를 뿜는 팔과 몸뚱이.

벽사우가 고통에 일그러진 채 신음조차 흘리지 않고 단상을 보려 애썼다. 하지만 의식이 이어지지 않았다.

그대로 앞으로 고꾸라지는 벽사우.

쿵!

당한 벽사우도 지켜본 사람들도 궁뇌천이 자결을 허락지 않고 직접 처단한 것으로 알았다.

"저놈을 지하 뇌옥으로 옮겨라! 무간(無間) 뇌옥에서 고통을 맛보게 하도록!"

뜻밖의 명령에 범태산 등이 놀랐다.

그 명령에 죽도록 내버려 두지 말고 일단 살리란 의미가 숨겨져 있는 탓이다.

"존명!"

범태산과 북소천, 화적룡이 즉시 단상에서 뛰어내려 엎어진 벽사우를 들쳐 업고 무간옥을 향해 뛰었다. 서둘러 치료하지 않으면 숨이 끊어질 가능성이 높은 상황이었기 때문이다.

"다음 놈!"

이어지는 궁뇌천의 고함.

하지만 다시 일어나 제 발로 기어 나오는 자는 없었다. 정적만 감도는 실내.

북천마군 섭중헌의 전음이 궁뇌천의 귀로 날아들었다.

[뇌천, 그만해도 될 것 같군. 나머진 족칠 필요 없어!]

한동안 엎드린 자들을 노려보던 궁뇌천이 천천히 자리에서 일어났다.

반역을 준비했던 핵심들은 다 처리됐으니 섭중헌의 말에 동의한 것이다.

"각 부 명단 들고 내 방으로 와!"

"그러지!"

섭중헌이 궁뇌천의 말에 씨익 웃었다. 조직 개편을 한단 의미였기 때문이다.

궁뇌천이 나가는 걸 확인한 섭중헌이 왼편에 엎드린 자들에게로 눈을 돌렸다.

여전히 머리를 처박은 채 꿈쩍도 못 하고 있는 자들.

웃음이 절로 나왔다. 사실 궁뇌천을 데려올 때만 해도 어느 정도 저항을 예상했었다. 그런데 저항은커녕 숨조차 쉬지 못하는 자들 아닌가.

어쨌든 이렇게 끝난 게 다행이었다. 피바람이 일었다면 저들 중 살아남은 자는 하나도 없었을 것이다.

"해산!"

섭중헌이 고함을 질렀지만 일어나는 자들은 오른쪽의 사람들뿐이었다.

그동안 반역 움직임을 알고서도 뾰족한 대응책을 찾지 못
해 전전긍긍했던 기존 일월천의 수뇌들.

　대번에 힘을 찾은 그들은 의기양양 어깨를 우쭐대기까지
하고 있었다.

第四章

어둠 속 침입자

건들지 말고 그냥 조용히 가세요.

할아버진 도끼로 두 쪽 냈지만 그는 당신들을 씹어 먹어버릴

거예요.

—염반야

　별채 안팎으로 약향(藥香)이 가득했다. 마당에선 시녀들이 약을 달이고 있었고, 실내에선 의원들이 외수와 시시의 상처를 돌보느라 분주했다.

　외수가 깨어난 건 꼬박 사흘이 지난 오늘 아침이었다. 한번 발광을 한 후 죽은 듯이 평온한 상태를 유지하더니 오늘 아침 편가연이 상세를 확인하러 내려왔을 때 희미하나마 정상적인 의식으로 깨어났다.

　"공자님, 기적입니다. 이 상태를 하고서도 살아계신다는게. 아프시더라도 참으십시오."

전신을 감은 붕대를 벗겨내고 금창약(金瘡藥)을 다시 바르는 의원들. 하지만 외수는 통증을 느끼지 못하는 사람처럼 덤덤했다.

　"신경 쓰지 마시오. 이보다 더한 경우도 있었소."

　"그렇군요. 흉터들을 보니…… . 최대한 흉이 덜 지도록 최고의 약재들을 사용하고 있습니다."

　의원들이 붕대를 다 감았을 때쯤 편가연이 직접 탕약을 들고 사월이와 함께 들어왔다.

　외수를 조금 일으킨 의원들이 직접 약을 받아 외수의 입으로 가져갔다.

　"드십시오. 공자님."

　의원들이 그가 약을 받아 마실 수 있게 칭칭 감긴 얼굴의 붕대를 조금 벌려 주었다.

　하지만 외수는 약보다 먼저 무림삼성에 대한 질문부터 던졌다.

　"어떻게 됐지… 그 늙은이들?"

　편가연이 대답했다.

　"떠났습니다."

　"떠나?"

　"네. 공자님만큼이나 큰 부상을 입고 떠나갔습니다."

　"젠장!"

편가연의 대답에 죽이지 못한 것이 아쉽다는 듯 외수가 화를 뱉었다. 영마지기가 폭주한 이후의 상황을 기억 못 하는 그로선 서로 양패구상(兩敗俱傷)을 한 것이라 여기는 탓이었다.

"공자님, 약부터 드십시오."

의원들이 재촉하자 꼼짝도 못 하는 상태에서 약을 받아 마시는 외수.

그런데 약을 마신 외수가 이상한 느낌에 물었다.

"무슨 약이지? 약에 단맛이 더 강하게 나는군."

"천년하수오(千年何首烏)입니다."

"응? 천년하수오?"

"예, 인형설삼(人形雪蔘)에 버금가는 약재죠."

"그게 어떻게?"

외수도 인형설삼이나 천년하수오가 돈 주고도 구할 수 없는 영약(靈藥)이라는 것을 알기에 놀라움을 금치 못했다.

"가주께서 내주셨습니다."

외수의 눈이 자연스레 뒤쪽에 선 편가연에게로 향했다.

"천년하수오라니? 칼침이나 당한 사람에게 너무 과한 보물이잖아?"

편가연이 빙긋이 미소를 띠었다.

"생전에 아버지께서 구해두신 건데 오늘 같은 일을 예견하

고 구해두셨나 봐요. 상처를 아물게 하진 못해도 기력을 찾는
덴 큰 도움이 되지 않겠어요? 걱정 마시고 얼른 회복부터 하
셔요."

"……."

외수는 아무 말도 못 했다.

멋쩍게 시선을 돌리던 그가 문득 한곳에 눈을 고정하고 다
시 인상을 찌푸렸다.

"시시잖아? 시시가 왜 저래?"

건너편 침대에서 치료를 받고 있는 시시를 발견한 외수.

편가연이 대답을 못하고 머뭇거리는 사이 창 쪽에 있던 송
일비가 퉁명스럽게 한마디를 날렸다.

"네 작품이잖아!"

"뭐?"

"이상한 녀석! 자기가 한 일도 기억 못 하다니. 하긴 무림
삼성을 상대로 싸웠으니 그럴 만하기도 하지."

"내가 시시를 다치게 했다고?"

"다치게 한 정도가 아니라 아예 죽이려……."

"그만하세요, 귀수비면 님!"

편가연이 송일비의 입을 막았다. 고개를 돌린 시시도 그의
입을 막으려던 참이었다.

어리둥절한 외수. 어찌 되었든 자신이 저지른 일이란 충격

에 억지로 상체를 일으켜 세웠다.

"시시……?"

"그냥 누워 계셔요, 공자님. 전 괜찮아요. 조금 다쳤을 뿐
인걸요."

안타까워하는 시시.

다시 송일비가 투덜대며 끼어들었다.

"괴물 같은 녀석! 당최 이해할 수가 없군. 네 정체가 도대
체 뭐냐? 어떻게 생겨먹은 인간이 무림삼성을 그 꼴로 만들
수가 있지? 도전한다는 것 자체조차 기가 막힌 일인데, 그들
을 그렇게 만들 수 있는 인간이 있을 것이라곤 생각지도 못했
다."

"어떻게 됐어?"

"어떻게 되긴… 그냥 떠났지. 이를 갈면서. 지켜보겠대."

"……."

외수는 더 말하지 않았다.

외수의 눈이 한쪽 구석 의자에 가만히 앉아 있는 반야에게
로 돌려졌다. 외수는 그녀가 꼼짝도 않고 거기서 자신을 지켜
봤다는 걸 알 수 있었다.

미안했다. 낭왕의 죽음에 대한 복수를 해주지 못한 것 같은
죄책감.

낭왕의 죽음이 온전히 무림삼성 때문에 비롯된 일이라고

믿는 외수였기에 씁쓸함을 떨치지 못했다.

"의원, 그녀를 봐주시오!"

"예?"

외수를 따라 눈길을 돌린 의원이 어리둥절해했다.

"낭왕 염치우 대협의 손녀요. 독을 당해 앞을 보지 못한다 했소."

"……?"

의원들이 어쩔 줄 몰라 했다. 낭왕 염치우와 그의 손녀가 가진 사연은 소문으로 익히 들어 모두 알고 있는 일. 난감할 수밖에 없었다.

그때 반야가 펄쩍 뛰었다.

"아니에요, 공자님. 괜한 일이에요. 그럴 필요 없어요."

두 손까지 내젓는 반야.

그러나 외수는 그녀를 무시했다.

"봐주시오. 조금의 가능성이라도 있는지!"

"예, 공자님!"

붙어 있던 세 명의 의원들이 마지못해 일어났다.

반야도 어쩔 수 없었다. 의원들이 다가오는 걸 느끼며 그대로 앉아 있을 수밖에 없었다.

"아가씨, 눈을 살펴보겠습니다."

허리를 굽혀 반야의 눈꺼풀을 올리고 조심스럽게 들여다

보는 의원들.

꽤나 진지한 시간이 흐르는 동안 의원들은 여러 가지 질문을 곁들이며 상태를 확인했다. 하지만 그들의 얼굴에 난감한 기색은 바뀌지 않았다.

"공자님, 말씀드리기 송구하오나 반야 아가씨의 눈은 치료가 불가능합니다."

"일말의 가능성도 없단 말이오?"

"현재의 의술로는 그렇습니다. 세상의 어떤 의원도 치료를 할 수 없을 것입니다."

"음……."

낙심한 마음을 삼키는 외수. 죄책감이 더 커지는 그였다. 극월세가의 의원들이라면 보통 의원일 리 없고, 그들의 진단이라면 확실할 것이었다.

외수가 낙담으로 고개를 떨어뜨리는 그때 세 의원 중 가장 연장자로 보이는 이가 뜻밖의 말로 떨어지는 외수의 고개를 붙들었다.

"한데 의원이 아니라면……?"

번쩍 고개를 든 외수가 다그쳐 갔다.

"무슨 말이오? 의원이 아니라면 어떻다는 것이오?"

"그, 그게……."

괜히 말을 꺼냈단 표정으로 머뭇거리기만 하는 의원. 하지만 작심을 한 듯 힘을 주어 입술을 깨물곤 말했다.

"그렇습니다. 이처럼 복잡한 독에 대한 치료 기술을 갖춘 의원은 현재까진 세상에 없습니다. 하지만 일말의 가능성이라도 말하라 하시니 확실치는 않아도 말씀드리겠습니다. 예전 스승께서 생존해 계실 때 세상에 존재하는 각종 영약들에 대해 배우다가 그중 만독(萬毒)을 해독할 수 있는 영약이 있다는 말을 들은 적이 있습니다."

"만독을 해독하는?"

"그렇습니다. 스승님께서도 직접 보지 못하고 전하신 말이기에 그 효능과 효과에 대해서는 장담 못 하지만 북해(北海) 지역 '빙궁(氷宮)'이란 곳에 그런 영약들이 존재한다고 들었습니다."

"북해 빙궁?"

"예. 검각이라 불리는 해남의 검문보다 더 비밀스럽고 신비로운 곳이라 했습니다."

외수의 눈이 송일비와 조비연을 바쁘게 오갔다.

"알아?"

송일비가 대꾸했다.

"음, 들어보기야 했지. 하지만 갔다 왔다는 사람도 없고, 그들이 중원에 오거나 활동한 적도 없으니 당연히 어디 있는지 모르고 실제 존재하는 곳인지도 의심스럽기만 하지."

다시 신음을 삼킨 외수.

"계속 말해보시오!"

"예. 들으신 대로 전설처럼 전해지는 곳이라더군요. 여인들만 존재하는 세상이고 한 번 영역 안에 발을 디딘 자는 다시 돌아올 수 없다는 불회지처(不回之處)라고도 했습니다."

"……."

늙수그레한 의원의 말에 외수뿐 아니라 편가연과 시시 등도 집중하고 있었다.

"어쨌든 그 땅에 영약이 되는 많은 기화요초들이 있고, 그중 빙과(氷果)라는 열매와 설련실(雪蓮實)이라는 희대의 영약이 있다고 들었습니다."

외수의 눈이 점점 빛을 발했다.

"그것들이 어떤 토양에 어떻게 자라는지는 북해 빙궁 사람만 알지만, 엄청난 음한지기(陰寒之氣)를 지니고 있어 화독(火毒)을 비롯한 거의 모든 독을 제거하고, 또 무인의 경우 공력증진에도 엄청난 작용을 해서 적지 않은 이가 노리는 영약이라 했습니다."

"북해 빙궁의 빙과와 설련실! 좋아, 그것만 있으면 치료할 수도 있단 거지?"

외수가 당장에라도 쫓아갈 것처럼 반응하자 송일비가 어이없어 했다.

"어이 이봐, 뭐야 그 표정은? 확인되지 않은 소문일 뿐이라고. 당장 찾아가겠다는 거야 뭐야?"

송일비를 노려보는 외수. 하지만 말없이 반야에게로 눈을 돌렸다.

"반야!"

낮고 다정한 목소리. 그러나 긴장한 그녀였다.

"네?"

"들었지? 걱정 마! 내가 반드시 그것을 구해줄 테니. 여기 일을 끝낸 다음에 북해 빙궁인지 뭔지 찾아 떠나자!"

외수의 말에 반야보다 편가연이 더 큰 충격에 흔들렸다. 극월세가를 떠난다는 말인 탓이다.

자신과의 정혼 관계 따윈 전혀 안중에 갖고 있지 않단 뜻?

편가연은 심장이 무너지는 것 같은 충격에 낙심했지만 겉으로 표를 내지 않으려 애를 썼다.

"이봐, 외수! 괜한 헛바람 넣지 말라고. 낭왕이 설마 영약에 대해서 알아보지 않았겠어? 당연히 북해 빙궁에 대해서도 들었을 테고 가능했다면 왜 가만 놔뒀겠어. 반야 소저에게 말하지 않은 것도 헛된 희망을 주지 않으려했던 걸 테지. 내가 볼 땐 허상일 뿐이야."

"허상? 설령 그렇다고 해도 난 확인해야겠어!"

절절히 표출되는 각오.

의원이 어렵게 말을 붙였다.

"공자님, 일말의 가능성을 말씀하라 하셔서 말씀드린 것뿐입니다. 북해 빙궁이란 곳이 어디 있는지도 모르고 실제 존재하는지도 모르는 곳인데 어떻게 찾는단 말씀이신지."

돌아본 외수는 단호했다.

"상관없소. 십 년이 걸리든 백 년이 걸리든!"

외수의 말에 송일비가 그와 반야를 번갈아 쳐다보곤 혼잣말처럼 중얼거렸다.

"너… 낭왕에 대한 마음의 빚이 크구나."

외수는 힐끔 올려다봤을 뿐 대꾸하지 않았다.

잠깐의 침묵. 모두가 입을 닫은 채 멍한 상태가 유지됐다.

침대에 누운 채 외수를 보는 시시의 표정도 안타까움이 가득했다.

편가연에 대한 걱정. 외수를 향해 완전히 마음을 열어버린 그녀란 걸 알기에 우려를 떨칠 수 없었다.

외수가 의원에게 자신의 상태를 확인했다.

"언제쯤 움직일 수 있겠소?"

"회복까진 두 달 정도 예상됩니다."

"음, 알겠소. 그만 나가보시오."

다시 자리에 눕는 외수.

다시 눈을 감아버린 그를 편가연과 송일비, 조비연은 우두커니 서서 내려다볼 수밖에 없었다.

* * *

언제 일이 있었냐는 듯 극월세가는 평온을 유지했다.

하지만 바깥은 시끄러웠다. 삼성과의 싸움은 당장 새어 나가지 않았지만 낭왕의 죽음이 알려지며 무림세상의 눈과 귀가 영흥 극월세가로 쏠리고 있었다.

외수가 자리에 누운 지 열흘째 되었을 때, 달도 없이 짙게 깔린 깊은 야음(夜陰) 속 누구도 눈치채지 못할 움직임 하나가 내원 본채를 향해 기어들고 있었다.

시커먼 그림자.

언제 들어와 있었던 것일까.

땅바닥에서 시작된 그 은밀한 움직임은 화단의 화초들 사이, 또는 연못가 바위들 아래를 아주 느리게 기어가는가 싶더니 아름드리나무나 담장, 전각의 지붕 위를 움직일 때는 눈에 보이지도 않을 만큼 전광석화(電光石火) 같은 이동 속도를 보였다.

눈만 내놓은 검은 두건에 어둠 보다 더 짙은 새까만 무복(武服).

그림자가 향하는 곳은 편가연의 처소가 분명했다.

그는 규모에 어울리게 수십 명의 호위무사가 경계 중인 본채 앞에 다다르자 신중에 신중을 기하며 사람들의 움직임을 살피더니 난간과 계단, 그리고 화초 등 갖가지 지물(地物)을 이용해 한순간 본채 건물로 스며들었다.

눈알이 튀어나올 만한 능력이었다.

굉장한 속도로 움직였는데도 기척조차 나지 않았으며 흔적 또한 남지 않았다.

칠흑 같은 그림자는 높은 본채 건물 지붕까지 타고 올라 크고 긴 창을 통해 편가연의 처소로 흐르는 것처럼 기어들었다.

붉은빛의 흐릿한 등불 하나가 겨우 실내를 밝히고 있는 편가연의 침소.

창과 벽을 이용해 높은 천장에 거미처럼 달라붙은 그림자는 방 안팎의 기척을 살핀 뒤 침대 위 여인을 확인하곤 무복 속에서 무언가를 꺼내 겨누었다.

손가락 굵기의 아주 작은 대롱. 한 발의 비침(飛針)을 날리는 단통수전(單筒手箭)이란 암기였다.

극독이 묻었을 건 뻔했다. 얼굴이나 심장에 박혀들면 즉사를 면치 못할 암기.

자객은 대롱을 겨눈 채 다시 한 번 잠든 여인을 확인했다. 아름다운 얼굴. 기식(氣息)이 고르고 편안한 것으로 보아 숙

면에 든 것이 분명했다.

쉭!

자객은 주저 없이 암기의 장치를 눌렀다. 도저히 외부에서
는 들을 수 없는 빠르고 가느다란 파공성.

하지만 그 순간 이불이 펄럭였다.

그리고 비침만큼이나 빠른 빛줄기들이 천장의 그림자를
향해 날아올랐다.

쉬쉭! 쉬이익!

카앙, 카캉캉캉!

자객의 옆구리에서 뽑혀 나온 짧은 칼이 덮쳐 온 섬광들을
받아쳤다.

그 순간 자객은 알아챘다. 이불을 들추고 일어난 아름다운
여인이 편가연이 아니라는 것을.

자객은 함정이란 걸 깨닫고 즉시 그 자신이 들어왔던 창으
로 신형을 날렸다.

하지만.

퍽!

눈앞을 날아드는 주먹. 피할 틈도 없이 안면을 얻어맞은 자
객은 고양이 같은 움직임을 보이며 실내로 떨어졌다.

"크크큭, 벽을 타고 담장을 넘는 것이라면 나도 일가견이
있지! 후후훗!"

자객이 도주하려던 창을 통해 머리를 들이미는 사내. 느물느물한 귀수비면 송일비였다.

그때를 맞춰 방문이 거칠게 열리며 침소 바깥을 지키던 호위무사들이 일사불란하게 쏟아져 들어왔다.

완전히 독 안에 갇힌 꼴이 되고만 자객. 들고 있던 한 뼘 반길이 짧은 칼을 왼손으로 옮겨 쥐고 등에 멘 또 하나의 긴 자객도를 뽑았다.

"어이 이봐, 싸울 생각이야?"

송일비가 창에서 날아 내리며 이죽거렸다.

"이쯤 됐으면 탈출구는 없어. 죽음뿐이지! 그런데 우린 널 살려줄 수도 있거든."

"……"

"들고 있는 칼을 내려놓지 않아도 좋아! 약속해! 우리 질문에 몇 가지 확실히 대답만 해준다면 우린 털끝 하나 건드리지 않고 널 보내줄 거야. 그러니까 행여 자결 같은 건 생각하지 말라고. 자객 따윈 관심 없어. 우리가 알고 싶은 건 배후의 실체일 뿐. 어때? 싸우다 죽는 것보단 그게 낫잖아?"

"……"

대꾸가 없는 자객.

그런데 자객의 태도가 너무도 태연했다. 궁지에 몰린 자의 모습과는 많은 거리가 있었다.

송일비는 상대의 눈을 통해 그가 웃고 있다는 것을 알 수 있었다.

"이봐, 불행한 선택하지 마! 우리도 잃은 것 없고 너도 멀쩡하잖아. 개죽음당할 거야?"

"네가 궁외수란 놈이냐?"

음울한 목소리. 그러나 내공이 느껴지는 목소리.

송일비는 즉각 상대가 꽤나 나이를 먹은 자란 것을 알 수 있었다.

"평범한 자객이 아니군."

"후훗, 나에 대한 것은 날 죽이면 알게 된다. 네놈, 내 안면에 주먹을 꽂은 네놈은 누구냐?"

"귀수비면 송일비!"

"귀수비면? 재밌군. 그래, 귀수비면이라면 말이 되지. 한 방 먹은 것이 부끄럽지 않아. 한데 왜 네가 여기 있는 거지? 극월세가를 털러온 건 아닐 테고."

송일비가 대답을 머금고 있자 자객의 눈이 기다리지 않고 침대 쪽 여인에게로 향했다.

"편가연을 흉내 낸 너는 또 누구냐?"

"조비연!"

"조비연이라. 흠!"

자객은 그녀에 대해서도 아는 눈치였다.

"그랬군. 완벽한 함정이야. 완벽해! 수백 번의 살행(殺行)에 나섰지만 이처럼 꼼짝없이 걸려들 줄은. 역시 극월세가였던가. 크흐흐흣!"

자조 섞인 웃음을 흘리는 자객.

"고용된 건가? 소문으로만 듣던 철랑의 월령비도를 여기서 보게 될 줄은 꿈에도 몰랐군."

"그딴 건 알 필요 없고, 죽어 나갈 건지 살아 나갈 건지 그것만 결정해!"

"흐흐흐, 어떡할 것 같으냐?"

비릿한 웃음.

송일비가 고개를 저으며 허리에서 검을 뽑아 늘어뜨렸다.

"틀렸군."

"오, 연검인가? 후후후, 맞다! 은퇴 기념으로 멋진 작품을 남길까 했는데 오히려 최초의 실패가 됐군. 아마 죽게 될 테지? 바깥이라면 모를까 이렇게 겹겹이 포위된 실내에서 탈출을 한다는 건 불가능할 테니 말이야. 뭐 나쁘지 않군. 귀수비면의 검과 철랑의 월령비도라면 마지막을 장식하는 덴 더없이 훌륭해! 후후후!"

"……."

웃음과 여유를 놓지 않는 자객.

"그럼 시작해 볼까? 자객 나부랭이지만 결코 쉽진 않을 거야. 타핫!"

불시에 뒤돌아 벽을 찬 자객이 송일비를 급습했다.

"우웃?"

대단한 몸놀림. 송일비가 황급히 몸을 뒤로 젖히며 응수했다.

챙!

속임수였다. 가볍게 송일비를 친 자객은 창을 향해 몸을 곧바로 던져 갔다.

"어딜? 그런 운신은 나도 한가락 한다고 했잖아!"

예상했다는 듯 바로 자객의 등을 쫓는 송일비의 검.

정말 송일비의 운신은 자객 못지않았다. 한 발 늦게 쫓았음에도 자객의 등판이 꿰뚫릴 지경이었다.

휘익! 챙!

어쩔 수 없이 신형을 돌려 받아치는 자객.

한데 그가 등을 돌리는 순간 창이 바깥으로부터 터지며 대여섯 명의 위사들과 그들의 도검이 날아들었다.

"이런!"

전혀 예측하지 못했단 듯 운신이 뒤엉킨 자객에겐 위사들의 도검을 피할 길이 없었다.

파앗! 스칵!

팔과 등에서 뿜어지는 핏줄기. 그뿐이 아니었다. 송일비의 호접검이 검을 쥔 오른손 근맥을 베고 지나갔고, 신형을 바로 잡을 틈도 없이 조비연의 월령비도가 가슴팍을 파고들었다.

푹! 푹! 푹!

바닥으로 떨어져 내린 자객이 다시 운신을 한다는 건 불가능했다.

자객도를 쥐고는 있었지만 힘을 줄 수가 없었고, 가슴팍을 뚫어버린 세 개의 월령비도는 더 치명적이었다. 거기다 도검을 들이댄 수십 명의 위사들.

한쪽 무릎을 꿇고 주저앉은 자객은 고통스런 고개를 천천히 들어 월령비도를 쏜 철랑 조비연을 노려보았다.

언제라도 다시 쏘아질 것처럼 그녀의 손 위에 떠서 노는 비도.

"크크큭, 깨춤조차 춰보지 못했군. 적어도 몇 놈은 저승길로 끌고 갈 줄 알았는데."

"포기해!"

"그래야 하겠지? 크큭, 영악하게도 죽지 않을 만큼만 손을 쓴 걸 보면 이제 잡히는 일밖에 남지 않은 것 같으니 말이야. 조금 허무하군. 내 최후가……."

"……?"

으득!

자객이 입속의 무언가를 깨무는가 싶더니 손을 쓸 틈도 없이 바로 앞으로 꼬꾸라졌다.

"이런?"

송일비가 황급히 달려들어 복면을 벗겨 보았지만 이미 얼굴은 시커멓게 변해가고 있었다.

"독단(毒丹)을 물고 있었군. 지독한 인간!"

"특급 살수야. 함정 덕에 쉽게 잡았지만 애초에 기대할 게 없는 자들이잖아. 품속이나 뒤져 봐! 행여 뭐라도 지니고 있는지."

조비연의 말에 따라 송일비는 무복 속을 뒤적거렸다. 하지만 나온 것이라곤 노자가 든 작은 전낭이 전부였다.

"젠장, 역시 아무것도 없군."

실망스런 얼굴로 자객의 작은 암기와 두 자루 칼을 집어 들고 일어나는 송일비.

"어쨌든 궁외수의 예측이 맞았군. 이렇게 준비하지 않았더라면 편가연 가주는 꼼짝없이 저세상으로 갈 뻔했어. 극월세가의 이 촘촘한 경계를 뚫고 들어오는 살수라니, 기가 막히는군. 나도 못 뚫을 것 같은데."

"내려가. 또 다른 자객이 있을지 모르잖아."

조비연이 방을 나가자 송일비는 수습할 몇 사람을 남겨놓고 위사들과 함께 아래층으로 향했다.

"어떻게 되었나요? 자객이었나요?"

위사들의 호위 속에 시녀인 시시의 방에서 나오는 편가연은 놀란 표정이 역력했다.

"네, 처리했으니 걱정 마세요."

"제 방에까지 침투를 했단 말인가요?"

끄덕.

"정말이었군요. 궁 공자님의 말씀이."

"별채로 가죠. 다른 자객이 또 있을 수 있으니까 수색이 끝날 동안 거기 같이 있는 게 좋겠어요."

조비연의 말에 편가연은 즉시 따라 움직였다.

궁외수는 일어나 앉아 있었다. 반대편 침대의 시시 역시 놀라고 겁먹은 얼굴로 들어서는 조비연과 편가연을 맞이했다.

"아가씨?"

"한 놈이었어?"

외수의 물음에 비연이 고개를 끄덕였다.

"결과는?"

"독을 깨물고 자결했어."

"음!"

뒤따라온 송일비가 자객이 지녔던 물건들을 침대 위 외수 앞에 던져 주었다.

"이게 전부야. 특급 살수 같던데 네 준비가 아니었으면 편가주가 골로 갈 뻔했어."

길고 짧은 두 자루의 자객도. 그리고 비침을 쏘는 암기와 조그만 돈주머니.

"자객을 사로잡아 뭘 듣는다는 건 애초에 가능성이 없는 일이야. 돈만 받으면 움직이는 자들이니 의뢰를 한 자가 누군지 알 리도 없잖아."

"틀렸어! 단순히 돈만 받고 움직이는 놈들이 아니야. 이 음모에 개입하고 있는 놈들일 수 있어!"

"응?"

"틀림없어. 살수 조직 또한 연관되어 있어. 주체가 누구인지 모르지만 그만한 살수들을 부리려면 대단한 재력을 갖춘 놈일 테지. 음, 아무래도 그녈 만나봐야겠군."

"그녀라니?"

궁외수의 혼잣말에 송일비는 물론 조비연과 편가연이 궁금해했지만 외수는 자객의 물건만 살폈다.

멀거니 보고만 있는 세 사람에게 시시가 설명을 붙였다.

"전에 곤양에서 오실 때 만난 분이에요. 공자님의 도움을 받았는데 '귀살문'이란 살수 조직의 수장이었어요."

"귀살문? 우리 비천도문 같이 사대비문 중의 하나잖아. 귀살문이 지금도 활동하고 있었어?"

송일비는 점점 의아하단 표정이었다.

"신기하군. 어떻게 귀살문까지 연이 닿았지? 근데 귀살문주가 여자였어?"

여전히 말없이 자객의 물건만 들여다보는 외수.

딸칵.

자객도를 뽑아 도신(刀身)을 살펴본 외수가 곧이어 짧은 칼도 뽑아 살폈다.

"왜 그래?"

송일비의 물음에 대답 않고 고개만 갸웃대는 외수. 뭔가 어려움에 봉착해 난처해하는 표정이 역력했다. 그때 보고 있던 시시가 침대에서 조심스레 내려서 다가왔다. 외수가 왜 그러는지 그녀는 단박에 알아챈 것이다.

"공자님, 제가 봐도 될까요?"

상처 때문에 아픈 배를 쥐고 다가선 시시에게 미련 없이 두 자루 칼을 내미는 외수.

"여기 긴 칼엔 '암혼(暗魂)'이라 새겨졌고, 작은 칼엔 '소혼(素魂)'이라고 적혔네요."

손잡이 바로 위 도신에 검붉은 색깔로 음각된 글자를 시시가 읽어주자 송일비의 인상이 일그러졌다.

"뭐, 뭐야? 글을 못 읽는 거야?"

어처구니가 없단 표정.

"이런 황당한 녀석! 무공은 어떻게 배운 거야? 시시 낭자, 이런 불학무식한 놈 근처엔 얼씬도 하지 마시오."

송일비가 짐짓 시시를 끌어당기는 시늉을 했다.

"들어본 적 있어?"

"당연히 없지! 자객들처럼 은밀한 인간들이 쓰는 걸 자기들 말고 누가 알아?"

외수가 조비연도 쳐다보았지만 그녀 역시 고개를 저을 뿐이었다.

"음, 역시 하루라도 빨리 그녈 만나보는 게 상책일 것 같군. 젠장!"

외수는 거동할 수 없는 자신의 몸뚱이가 답답하다는 듯 인상을 찌푸렸다.

"이봐, 외수! 연락 방법은 갖고 있는 거야? 그런 비밀스런 문파는 찾기가 쉽지 않을 텐데?"

조비연의 질문에 또 시시가 대답했다.

"네, 언니! 찾아오라고 위치를 지정하며 자기 패찰까지 주었는걸요."

"어딘데?"

"하남의 구룡협 동쪽 묘림(墓林)이라고 했어요."

"하남 구룡협이면 멀지 않군. 내가 갔다 올까?"

비연의 말에 외수가 고개를 저었다.

"아니! 내가 가겠어. 조금이라도 움직일 수 있게 되면. 다른 사람이 가서 정보를 줄지 알 수 없잖아."

"그렇긴 하군."

"당분간은 기밀을 유지하며 이 상태를 유지하도록 해! 자객이 들었단 소문조차 새나가지 않도록! 그리고 이 시간 이후 내원을 방문하는 자들은 하나도 빠트리지 말고 면밀히 주시해!"

"그건 왜?"

"살행(殺行)이 실패했다는 걸 알면 어떤 방법으로든 내부 상황을 확인하러 들어올 거야. 첫 번째 오는 놈, 또는 방문 목적과 상관없이 내부 상황을 살피고 물어보는 놈! 그놈들이 음모를 주도하는 자들일 거야!"

"……"

송일비도 조비연도 외수의 빠른 머리 회전에 감탄했다.

"그렇겠군, 정말 그렇겠어! 알았어, 지금부터 두 눈 부릅뜨고 한 놈도 놓치지 않겠어!"

第五章

불편한 방문자

그는 단 한 번도 실망시킨 적이 없다.

누군가를 죽도록 패버렸으면 좋겠다는 생각이 들 때.

—편가연

"모야? 이제 다들 살 만한가 보지? 대낮부터 술을 퍼마시고 앉아 있는 걸 보면?"

늘어지게 늦잠을 자고 나온 미기가 술잔을 놓고 이 층 노대 탁자에 둘러앉아 있는 구대통 등을 보곤 비웃었다.

멀리 가지도 못하고 다시 극월세가 앞 화평객잔에 똬리를 튼 그들이었다.

"나도 한잔 줘! 출출해!"

"뭐, 뭐야?"

구대통이 눈깔을 까뒤집었지만 미기는 아랑곳 않고 다가

와 구대통 앞에 놓인 커다란 술잔을 빼앗듯이 집어 들곤 단숨에 들이켰다.

"캬, 좋다! 좋은 술이네!"

술꾼 흉내까지 내며 입술을 훔치는 미기.

구대통도 명원도 어이가 없어 쳐다보기만 했다.

"뭘 그렇게 보셔? 시집가서 애 낳을 때 다 된 숙녀에게? 자, 한 잔씩들 하셔!"

능청을 떤 미기가 빈 술잔을 구대통에게 내밀곤 직접 술병을 들어 술을 채워주었다.

"말 잘했다. 시집갈 때도 다 됐는데 왕부나 황실에서 연락 없냐? 이제 무공도 군관 몇 정도야 떡 칠 만큼 익혔으니 웬만하면 돌아가는 게 어때? 왕부와 황실이 그립지 않아?"

"흐흐, 세 분을 두고 내가 가긴 어딜 가? 황실보다 훨씬 재미있는데."

"재미? 이렇게 피 터지게 싸우는 곳이 뭐가 재밌어?"

"히히, 하루하루가 긴장되고 짜릿하잖아! 그리고 내 남잔 내가 구할 거라고. 이 흥미로운 곳을 어떻게 떠나. 특히 저기!"

미기가 턱으로 극월세가를 가리켰다.

"저 안에 있는 인간이 과연 어떻게 될지 궁금하잖아. 극월세가를 구하는 영웅으로 남게 될지, 아니면 과연 희대의 악마

로 전 무림의 공격을 받고 죽게 될지. 히히히, 난 끝까지 지켜
볼 거야!"

"끙!"

구대통이 말을 말잔 듯 아예 고개를 돌려 버렸다. 한데 그
의 눈에 엉뚱한 인간이 포착되었다.

"저놈, 무림맹 문상 공 가 놈이잖아!"

극월세가 정문을 향하는 일단의 무리들. 말을 타고 온 것으
로 보아 멀리서 온 것이 확연했다.

무양이 눈을 지그시 내리 눌렀다.

"육승후도 있군."

"웬일이지, 저놈들이?"

현 무림맹의 맹주와 문상 공약지(孔若智). 그들이 수행자들
을 줄줄이 달고 극월세가 정문을 통과하고 있다는 사실에 구
대통과 명원 등은 의심의 눈초리를 가득 표출했다.

"이상하군. 저놈들이 여기 나타날 일이라곤 낭왕의 죽음뿐
인데?"

"그걸 조사하러 왔을 테지. 이미 알려졌을 테니."

"그렇다고 해도 맹주가 직접 올 일이 뭐 있어? 하려면 조용
히 해야지 너무 요란하잖아!"

의심의 눈초리를 거두지 못하는 구대통.

무림삼성 세 사람이 보고 있다는 걸 전혀 알아차리지 못한

무림맹주 일행은 극월세가 위사들의 안내에 따라 정문 안으로 사라져 갔다.

*   *   *

연락을 받은 편가연은 어리둥절하기만 했다. 무림맹의 맹주가 방문했다는 사실. 낭왕의 죽음에 대한 조사를 위해 왔다지만 의문이 들었다.

"궁 공자께선 어찌하고 계시죠?"

"별채 뜰에 나와 계십니다."

"음, 묘한 시기의 방문이군요. 아버지께서 피살된 후 지금까지 아무런 반응도 없던 그들이 왜?"

편가연이 계속 의문을 갖고 있자 총관 설순평이 조심스레 말했다.

"아가씨, 혹시 돈이 필요해 왔을지도 모르겠습니다."

"돈이라고요?"

"예. 예전에 가주께선 지원금 명목으로 무림맹 수뇌부에 일정 자금을 대주었으니까요."

"음!"

알겠다는 듯 고개를 끄덕이는 편가연.

"어디 있나요?"

"영월관 접빈실로 모시라 했습니다."

"가죠. 무슨 꿍꿍인지 확인해 보면 알겠죠."

외수와 시시의 회복 속도는 예상보다 빨랐다. 최고의 약재들을 쓴 데다 편가연이 내놓은 천년하수오 덕을 톡톡히 보고 있었다.

어느새 외수는 스스로 일어나 조금씩 걷기 시작했고, 햇볕을 쬐기 위해 별채 앞마당에 의자를 놓아 시시, 반야와 함께 앉아 있기도 했다.

"공자님!"

"아가씨?"

"시시, 그냥 앉아 있어!"

편가연은 안락의자에 누워 있다가 자기를 보고 일어나는 시시를 다시 주저앉혔다. 많이 호전된 그녀지만 아직 마음대로 움직일 정도는 아니었다.

"무슨 일이야?"

의자 대신 넓적한 돌 위에 걸터앉아 운기를 하고 있던 외수가 눈을 떴다.

편가연은 한쪽 의자에 다소곳한 자세로 앉아 있는 염반야를 힐끔 쳐다보곤 대답했다.

"예상 못 한 방문객이 왔어요. 육승후라고 무림맹의 맹주예요."

"무림맹?"

외수도 뜻밖이란 듯 올려다보았다.

"그들이 올 일이 있어?"

"아버지 돌아가셨을 때 사건 조사를 부탁하긴 했어요. 하지만 지금까지 기미조차 보이지 않다가 갑자기 나타나네요."

"흠!"

"그들이라면 낭왕의 일 때문에 왔을 수도 있겠군."

"그것보다 돈이 목적일 가능성이 높아 보여요."

"돈?"

"네. 저희 같은 대상(大商) 가문들은 공식적인 지원 외에 어느 정도 뒷자금을 관례처럼 줘왔으니까요."

"그럼 사건 이후엔 주지 않았었단 뜻?"

"네. 경황도 없었고, 아버지와 달리 저는 그런 흑막에 가린 불투명한 거래를 하고 싶지 않았거든요."

"⋯⋯."

외수가 편가연을 빤히 바라보았다. 상가 경영을 아는 바 없는 외수지만 어마어마한 규모의 극월세가를 이끌어야 하는 편가연의 생각과 자세를 엿볼 수 있었다.

"같이 가!"

"아니에요. 같이 가도 제가 짐작하는 그런 이유로 왔다면 독대(獨對)를 원할 거예요."

"그럼 여기 있을 테니까 일 있으면 알려!"

"네. 그러겠어요."

편가연은 조용히 돌아서 총관 설순평과 맞은편 영월관으로 향했다.

외수는 지그시 두 사람을 보고 있다가 천천히 시시를 돌아보았다.

안락의자에서 허리를 곧추세우고 앉아 있는 그녀.

"시시, 안 아파? 왜 그러고 있어?"

"네, 괜찮아요. 조금의 통증이 있긴 하지만 너무 누워 있기만 하면 오히려 등과 허리가 아파서요."

"……"

물끄러미 응시하는 외수. 아직 미안하단 말을 못 한 그였다.

자신이 그녀를 찔렀다는 사실이 믿어지지 않아서다.

"시시!"

"네?"

"앞으로 그런 싸움이 있으면 내 곁에 있지 마. 다가올 생각도 말고."

"……"

"내가 왜 그랬을까? 기억이 하나도 나지 않아. 내게 나쁜 기운이 있다고 했어. 아마 널 적으로 간주했던 모양이야. 미안해! 그러니 앞으론 다시 싸우는 일 있으면 내 근처엔 얼씬도 하지 마!'

"……"

시시는 대답을 못 하고 붉게 상기된 얼굴로 고개만 푹 떨어뜨리고 있었다.

그때 낮고 차분한 반야의 목소리가 끼어들었다.

"아니에요, 공자님! 오히려 그녀는 공자님 곁에 더 가까이 있어야 해요."

"응?"

돌아보는 외수.

시시도 뜻밖의 대꾸에 슬그머니 고갤 들어 쳐다보았다.

"공자님의 그 기운, 저도 느끼고 있었어요. 강하고 맹렬하고 폭발적이에요. 한데 시시 소저는 공자님과는 반대되는 기운을 가졌어요. 물과 같죠. 깊고 넓고 고요해요. 그녀의 기운이 공자님을 포용해요. 마치 칭얼대는 아이를 품는 어머니같이."

"……?"

외수는 고개를 저었다.

"말도 안 돼! 내가 다치게 했잖아!"

"그렇긴 해도 마지막 순간에 공자님의 정신이 깨어날 수 있었던 것도 그녀 덕분일 거예요. 그녀의 기운이 닿아 폭주 상태를 멈추게 되었을 거예요. 다시 잘 생각해 보세요. 평소에도 흥분되고 감정이 격해질 때 시시 소저 때문에 차분해진 적이 없었는지."

반야의 말에 외수는 낭떠러지에 편가연과 시시를 두고 처음 살수들과 싸웠을 때를 떠올렸다. 미친 듯이 싸웠던 그때도 시시를 죽일 뻔한 일이 있었지만 가로막은 그녀 덕에 정신이 가누어졌었다.

외수는 시시를 돌아보았다. 수줍은 얼굴로 손가락을 꼼지락거리며 눈길을 피하는 그녀.

그녀에게 잘하라던 절대노인의 말도 생각났다. 꼭 붙여두고 애지중지하라던.

"그리고……."

반야의 목소리에 다시 돌아보는 외수.

하지만 반야는 말을 머금은 채 이어가질 못했다. 시시만큼은 아니어도 자신의 기운도 도움이 될 것이라는 말을 차마 꺼내놓을 수가 없었다.

시시와는 달랐지만 반야 자신은 해와 같은 기운을 가졌음을 알고 있었다.

그것이 소생(蘇生)의 기운이고 치유(治癒)의 기운이라는 것을 알기에 의식을 잃고 누워 있을 때도 그의 손을 꼭 잡은 채 놓지 않았던 것이었다.

"신기하군, 반야!"

"네. 어쨌든 시시 소저의 선기(先氣)는 크고 깊어서 가까이 있을수록 공자님껜 좋아요. 손을 한 번 맞잡아 보세요. 의식하고 느껴보면 맥박이든 마음이든 차분하게 가라앉는 걸 느낄 수 있을 거예요. 그렇게 살과 살이 직접적으로 닿을수록 좋아요. 혼인을 해 서로가 부대낄 수 있으면 더욱 좋겠죠."

"응? 전에 절대노인이 했던 말과 같은 말을 하는군."

외수가 눈을 동그랗게 뜨고 거듭 신기해하자 시시가 얼굴이 뻘게진 채 펄쩍 뛰었다.

"반야 아가씨, 큰일 날 소리예요. 혼인… 이라뇨. 저 같은 시녀에게… 정혼을 한 아가씨가 계신데, 다신 그, 그런 말씀 마세요."

"호호, 그렇다는 거예요. 혼인을 하란 뜻은 아니고. 물론 하면 좋죠. 못 할 것도 없고. 정혼녀가 있다고 못 하는 것도 아니잖아요."

"반야 아가씨?"

불덩이가 된 시시가 어쩔 줄을 몰라 했다.

거기에 외수는 한술 더 떴다.

"그래, 시시! 이참에 우리 혼인해서 같이 살까? 서로 살 부대끼면서 말이야. 좋다잖아, 흐흐흣!"

"공… 자님?"

정신마저 혼미해진 시시였다. 장난치는 걸 알고 있지만 심장이 쿵쾅쿵쾅 가만있질 않았다.

*　　　*　　　*

"어서 오십시오. 극월세가 설순평 총관입니다."

접빈실에 먼저 자리하고 있던 설순평이 정문 위장 태대복의 안내를 받으며 들어오는 두 사람에게 인사를 했다.

두른 장포를 비롯해 복색이 화려한 육십 초반의 건장한 풍채를 지닌 인물과 마흔 살쯤 된 젊은 사내.

"무림맹 문상 공약지일세. 이쪽은 육 맹주이시고."

거의 두 배에 이르는 나이를 가진 설순평에게 하대로 대하는 공약지.

그의 태도에 차분히 일어서서 맞이하던 편가연의 인상이 굳어졌다.

"그러시군요. 저희 가주님이십니다."

"편가연입니다."

"오, 편 가주시로군. 과연 소문대로 척 보아도 알겠소."

편가연은 문상 공약지라는 자의 너스레에 일부러 대꾸도 않고 큰 체구의 육승후와 마주했다.

"생각지도 못한 방문이라 조금 당황스럽군요. 맹주께서 직접 여기까지 걸음을 하시다니. 사전 통보가 왔단 말을 듣지 못했는데 무슨 일이시죠?"

교묘한 편가연이었다. 예고도 없이 찾아든 무례를 각인시키면서 일부러 자리를 권하지도 않고 용무만 듣겠단 듯 선 채로 대화를 시작했다.

엄연한 냉대. 무림맹주인 육승후 입장에서 보자면 문전박대나 다름없는 행위였다.

"큼!"

헛기침으로 나빠진 기분을 표시하는 육승후.

공약지가 즉시 인상을 긁었다.

"극월세가에 관련해 많은 일이 있지 않으셨나? 부친이신 전 가주의 피살 사건부터 근래 낭왕 염치우 대협의 사망 사건까지."

"……."

"워낙 파장이 크고 중대한 사건인 만큼 다급한 조사가 필요하고, 또……."

편가연이 공약지의 말을 잘랐다.

"이해하기가 어렵군요."

"무엇이 말이오?"

"아버지께서 돌아가신 건 반년 전이었고 저희가 무림맹에 조사를 부탁한 것도 그때 일인데, 낭왕 염 대협의 사건이 있고서야 나타나셨군요."

"......"

"저희 입장에서야 당연히 저희 아버지 사건이 우선이고 지금도 여전한 위협을 받고 있는 실정인데, 낭왕 염 대협의 죽음 때문이든 어쨌든 지금에야 느닷없이 나타나시니 솔직히 의아함을 떨칠 수 없군요. 제 아버지 죽음은 뒷전이란 의미인가요?"

노골적이고 도전적인 편가연의 말이었다.

공약지가 예상 못 했다는 듯 실눈을 하고 쩨려보았다.

당황한 것은 육승후도 마찬가지였다. 그는 버릇처럼 헛기침을 터트리며 불편한 척 점잔을 뺐다.

"크흠! 편 가주, 오해가 깊은 듯하군. 우리 무림맹을 불신하는 것 같기도 하고."

"아니란 말인가요? 그럼 어째서 저희 극월세가의 간곡하고 긴박한 요청을 묵살하신 것인가요?"

쩨려보던 공약지가 다시 편가연의 말을 받았다.

"편 가주, 말이 지나치구려. 누가 묵살했다고 그러시나."

"그럼 관망만 하신 건가요? 그동안 어째서 아무런 회신조차 없었죠? 혹, 우리 극월세가가 무림세가가 아니라서 그런 건가요? 맹이 무림이 아닌 장사꾼의 사건에 나섰단 소릴 듣기 싫어서?"

"억지요! 어찌 그런 비약을 하시는 게요! 심정이야 이해가 가지만 무림맹이 어찌 그런 이유로 오랜 지기를 나 몰라라 한단 말이신가. 단지 사건의 중대성 때문에 신중했을 뿐인 것을!"

"신중이라. 그렇다면 그간 조사를 했단 말인가요? 결과는요?"

"험, 편 가주! 마음을 좀 진정시키시오. 무림맹은 무림맹 나름의 사정이 있는 것이오. 적어도 그렇게 신중에 신중을 기해 비밀스럽게 조사를 해야 하는 중차대한 사건이라면 우선 사람부터 가려 써야 하는 것이고, 또한 그에 따른 충분한 지원도… 따라야 하는 것이오."

"결국 못 했단 뜻이로군요. 지원이 없어서!"

거침없는 편가연.

"못 했다기보다 원활하질 않았소. 알다시피 무림맹이 세상의 대소 문제들을 돌보기 위해 수천에 달하는 인원이 움직이고 있지만 오로지 강호 유수 문파와 거대 세가들의 지원 속에 운영되는 곳이라서 어느 시점 지원이 모자라면 그 활동성도 미미해질 수밖에 없는 곳이오."

"무슨 뜻인지 알겠군요. 설 총관님?"

"예, 아가씨!"

"우리가 무림맹에 어떻게 지원을 하고 있죠?"

"석 달에 한 번, 황금 삼백 냥씩을 보내고 있습니다."

"그동안 안 했나요? 혹시 중간에 사고가 있어 지원이 끊어지거나 빠트린 적은?"

"그럴 리가요. 어김없이 정기적으로 전달되었습니다."

"아버지 생전에 무림맹 수뇌부로 특별히 들어간 지원은?"

"황금 백 냥씩이었습니다."

"그래요? 우리가 한 공식적인 지원이 여타 대상가들과 비교하면 어떤가요?"

"세 배 정도 더 많이 하는 걸로 알고 있습니다."

"음, 그래요? 그렇다면 이상하군요. 공식적인 지원이 끊어진 것도 아니고 단지 수뇌부로 들어가는 지원이 끊긴 것 때문에 무림맹이 활동에 제약을 받다니, 무림맹이 그처럼 허술한 곳이었습니까?"

노골적인 비난이었다. 눈 하나 깜빡 않고 무림맹주인 육승후와 공약지를 궁지로 모는 편가연.

화가 나지 않을 수 없었다. 그동안 받은 것도 없이 밑 빠진 독에 물 부은 것처럼 돈을 쏟아 박아온 것이 허무하고 분했다. 이 뻔뻔한 자들의 배만 불려준 꼴.

"편 가주! 어찌 그런 모욕적인 언사를 함부로 내뱉는가. 무림맹과 척을 지자는 뜻인가?"

공약지가 화를 표출했다.

그러나 이미 무림인에 대한 반감을 가져 버린 편가연의 화
가 더 컸다.

"우린 이 시간 이후 무림맹에 그 어떤 기대도 갖지 않겠어
요."

"무슨 뜻인가?"

"지금까지 이어온 관계를 다시 정립하겠단 뜻이에요."

"……?"

단호한 편가연.

생각지도 못한 그녀의 반응에 어깨에 힘을 준 채 당당히 방
문했던 육승후와 공약지는 당황스러울 수밖에 없었다.

편가연이 말을 이었다.

"우리만 계속 헛물을 켜고 있을 순 없지 않겠어요? 하여 향
후 무림맹으로 들어가는 공식 지원금을 다른 세가들 수준으
로 줄이겠어요. 물론 수뇌부로 들어가는 자금 또한 모두 끊겠
어요."

"……?"

마치 상전처럼 빳빳했던 공약지로선 말문이 막혔다. 뭐라
대꾸할 말이 없었다. 지원을 하는 쪽에서 끊겠다는 데 무슨
말을 하랴.

충격이었다. 낭왕의 죽음을 비롯해 근래 극월세가를 둘러

싸고 일어난 일들을 핑계로 한몫 단단히 뜯어내려던 계획은 완전히 일그러지고 있었다.

뿐만 아니라 큰일이었다. 십대부호들 중에서도 가장 큰 금력으로 상계를 지배하다시피 이끌고 있는 극월세가가 이런저런 지원을 당장 끊고 줄인다면 나머지 부호들의 지원에도 크게 영향을 미칠 것은 뻔한 것.

그리되면 일을 이렇게 만든 자신들은 맹 내의 비난에서 벗어나지 못할 것이었다.

무림맹의 두뇌 역할을 하는 공약지는 이 순간 빠르게 머리를 굴렸다. 지금이라도 온화한 태도를 보이며 달래볼 것인가, 아니면 더욱 고자세로 위협을 할 것인가.

하지만 공약지의 고민은 맹주 육승후가 나서며 짧게 끝났다.

"이보시게, 편 가주! 너무 흥분하시는군. 무슨 말을 그리 섭섭하게 하시는가. 오해일세."

"오해라. 무슨 오해 말씀입니까?"

"자자, 찬찬히 얘기해 보세. 우리가 온 건 그런 걸 논하자는 게 아니라 세가를 둘러싸고 일어난 일련의 사건들을 조사하기 위함이었네. 한데 이상한 곳으로 대화가 흘렀군. 편장엽 가주가 살해되었고, 자네마저 위협받고 있는 상황에서 무림의 큰 별인 낭왕이 죽지 않았는가. 물론 그전에 우리의 대응이 신속하지 못했던 것은 사과하네. 하지만 극월세가가 사정이 있듯 우리 역시 사정이 있었음을 이해해 주시게."

"……."

"지금부터 신속히 대응해 보겠네. 협조를 해주시게. 아무래도 우리 무림맹이 나서 광범위하게 조사를 하는 게 낫지 않겠나."

"무림맹에서 필요로 하는 조사엔 협조하겠습니다. 그러나 그뿐입니다. 저희 극월세가는 맹의 조사에 그 어떤 기대나 바람도 갖지 않습니다."

이미 차갑게 얼어버린 편가연.

알아서 하란 소리였다. 한 번 실망한 상대는 다시 손을 뻗지 않는다는 듯 도도하고 차가운 편가연이었다.

공약지의 눈썹이 치켜 올라갔다. 그러나 반박할 수 없었다. 편가연은 어떤 소리를 해도 끄떡 않겠단 듯 고고한 자세로 빈틈을 보이지 않았다.

난처해진 건 육승후였다. 차기 맹주 선정이 논의되고 있는 가운데 자신의 연임 여부에 타격이 될 것이기 때문이었다.

"공 문상은 좀 나가 있어 주게. 아무래도 편 가주와 단둘이 얘기를 좀 나눠야겠군."

육승후의 말에 편가연을 노려보고 섰던 공약지가 잠시 머뭇대다 물러났다.

"알겠습니다, 맹주!"

화가 풀리지 않은 모습으로 거칠게 돌아서 바깥으로 향하는 공약지.

육승후는 총관 설순평도 자릴 비키란 듯 째려보며 턱짓을 했다.

하지만 편가연이 거부했다.

"괜찮습니다. 그는 오랫동안 세가를 위해 몸 바쳐 온 가족입니다."

설핏 못마땅한 표정을 보인 육승후는 이내 기색을 바꾸고 응접탁자와 의자들이 놓인 곳으로 향했다.

"후후후, 먼 길을 왔더니 피곤하군."

주인이 권하지 않는 자리를 제멋대로 가서 몸을 묻는 육승후.

"자, 이리 와서 앉으시게. 이렇게 박대를 받아서야 체면이 안 서는 걸. 차라도 우선 한 잔 주시겠나."

가만히 보고만 있던 편가연이 설순평에게 차를 가져오라 이르게 하고 조용히 걸음을 옮겨 육승후 맞은편에 마주앉았다.

그러자 육승후가 비릿한 웃음으로 시작했다.

"후후후, 아직 연륜이 짧아 그런 것인가 무척 호기롭군 그래."

"하시고 싶은 말씀이 무엇입니까?"

"흐흣, 물론 지금처럼 섣부른 데다 성급하기도 하고! 흐흐흐, 혹시 머잖아 있을 맹의 수뇌부 교체를 염두에 두고 하는 행동인가?"

"저희는 장사꾼일 뿐입니다. 무림맹의 권력 구도엔 관심이 없습니다."

"그런가? 어쨌든 극월세가의 태도는 상당히 불만스럽군. 어째서 쓸데없는 모험을 감행하려 하지?"

"모험이라뇨?"

"내가 왜 직접 왔는지 모르겠나?"

"……"

"천하의 낭왕이 죽었어. 알아보니 자네 행렬을 덮친 자들을 상대하다 그랬다더군. 그건 극월세가를 노리는 적이 상당히 강력하단 뜻인데 극월세가 혼자서 감당할 수 있겠는가 이 말이지. 뭐 태도를 보니 감당할 수 있을 것 같이 보이긴 하네."

빈정대는 육승후였지만 편가연은 묵묵부답 반응을 하지 않았다.

"내가 이렇게 드러내 놓고 직접 온 것은 그런 적들에게 우리 무림맹이 관여하고 있으니 감히 경거망동하지 말란 경고를 주기 위함이었지. 뿐만 아니라 원한다면 맹의 인력까지 배

치해 편 가주의 안전은 물론 놈들을 일망타진할 계획까지 갖
고 왔는데 말이야. 한데 그런 것들이 무의미할 것 같군. 지금
편 가주는 맹의 도움이 아니어도 능히 감당할 수 있단 자세고
마치 무림맹주인 나와 공 문상이 고작 돈이나 탐하는 촌구석
무지렁이 취급을 하고 있으니 말일세."

"그래서 어쩌란 말인가요. 다시 말씀드리지만 아버지와 달
리 저는 아무런 의미도 갖지 못하는 자금을 쓸 맘이 없습니
다."

"아무런 의미도 갖지 못하는?"

"그렇습니다."

"방금 설명했는데 알아듣지 못하는군. 무림맹의 힘이 필요
없단 뜻인가?"

"되레 이해할 수 없는 말만 하시는군요. 무림의 사고를 조
사하고 해결하는 것이 무림맹이 하는 일 아니었던 가요? 낭왕
이란 엄청난 인물이 피살되었는데 그 일을 어찌 우리 극월세
가의 의지에 따라 행하겠다는 말씀인지 이해되지 않습니다.
정녕 자금의 지원이 필요한 일이라면 과정을 보고 그때 가서
결정하도록 하겠습니다. 분명 낭왕을 살해한 자들은 우리 극
월세가를 노리는 자들이니까요."

"으득……."

육승후의 이마에 핏대가 돋았다. 전혀 말이 통하지 않는 어

린 상대. 육승후로선 더 구슬리기도 체면상 어려웠다.

"흠, 호의를 무시하는군. 그럼 할 수 없지. 극월세가 상황을 신경 쓰지 말라면 그리할 수밖에! 나중에 후회하지나 말게!"

편가연은 어처구니가 없었다. 무림맹주란 자가 이처럼 비열하고 가증스러울 수 있다니. 대놓고 돈을 내놓지 않으면 외면하겠단 협박 아닌가.

편가연도 모르진 않았다. 무림맹과 사이가 나빠선 좋을 게 없다는 것을. 하지만 지금 순간만큼은 마주 앉아 있기조차 싫었다.

"그럼 더 할 말이 없군요. 차후에 다시 뵙겠어요."

가차 없이 일어선 편가연은 뒤도 돌아보지 않고 밖으로 향했다.

뒤따라 자리에서 일어선 육승후가 편가연과 설순평이 나간 문을 흘겨보며 어금니를 깨물었다.

"큼, 건방진 계집! 세상을 덜 살았군. 아직 무서운 것이 뭔지도 몰라!"

*   *   *

"젠장, 천하의 귀수비면이 이게 뭘 하는 짓인지. 밤낮조차 바뀐 채 남의 호위 노릇이나 하고 있다니. 아아아!"

해가 중천에 뜨고서야 일어난 송일비가 조비연과 함께 별채를 나서며 한껏 기지개를 켰다. 매일 밤마다 편가연의 처소를 지키느라 피로가 겹치는 탓이다.

"이봐, 철랑!"

송일비는 뒤따라 나오던 비연을 돌아보고 피곤하지 않은지 물어보려다 다시 집어넣었다.

자신과 달리 깨끗이 씻고 단장을 마친 그녀의 모습이 눈을 어지럽게 해서였다.

극월세가에 들어온 뒤로 또 한 번 달라진 비연이었다. 별로 꾸미는 것도 없이 늘 털털한 상태였던 그녀를 시녀들이 내버려 두지 않은 탓이다.

어울리는 옷과 장식을 구해 머리 모양, 피부 관리는 물론 화장하는 법까지 가르쳐 주었고 그 덕분에 비연은 하루하루가 달라지고 있었다.

"거참 적응 안 되네."

"뭐가?"

"너 진짜 철랑 조비연 맞아? 너무… 예쁘잖아!"

사내같이 퉁명스런 투로 대꾸했던 조비연도 싫지 않은 모양이었다.

내색하지 않으려 피식 웃는 입가로 즐거움이 배어났다.

"도대체 그 뚱뚱보 현상금 사냥꾼은 어디로 간 거야? 젠장, 볼 때마다 깜짝깜짝 놀라게 되잖아. 전혀 딴사람 보는 것 같아서. 뭐 조금이라도 비슷한 구석이 남아 있어야 적응을 하지!"

송일비의 혼자 하는 푸념. 진심이었다. 그의 눈에 현상금 사냥꾼 조비연은 보이지 않고 편가연과 견주어도 빠지지 않을 만큼 음심을 동하게 하는 천하절색 미녀만이 있을 뿐이었다.

"그나저나 이제 저 인간 살 만한가 보군. 밖에 나와 저렇게 운기행공까지 하고 앉아 있는 걸 보면."

궁외수를 발견한 송일비.

그보다 앞서 조비연의 그윽한 눈길이 이미 외수에게 박혀 있었다.

"시시 소저!"

송일비가 외수는 제쳐 두고 호들갑스럽게 시시에게 달려갔다

"이제 좀 괜찮은 거요? 아프지 않소?"

손까지 덥석 부여잡고 의자 옆에 붙어 앉아 여기저길 살펴대는 송일비.

"네, 걱정해 주신 덕분에 많이 좋아졌습니다."

착한 시시. 잡힌 손목을 빼지도 못하고 고운 미소로 답해주

었다.

"저, 저놈 때문에 엉뚱한 우리 시시 소저만 고생하시는구려. 쓰!"

송일비가 고갤 홱 돌려 잡아먹을 듯이 외수를 째려보았다.

"야, 철랑! 가서 저놈 옆구리 몇 방 찔러 버려! 나쁜 놈!"

"어머?"

송일비의 말에 시시가 깜짝 놀랐다.

"싫어요. 그런 말하시면."

"하하하, 농담이오. 소저가 다쳐 이렇게 고생하는 게 안쓰럽고 억울해서 그냥 해본 말이오. 소저, 앞으론 저놈 곁엔 절대 얼씬도 하지 마시오. 그저 내 옆에만 꼭 붙어 있으시오. 나 귀수비면 송일비가 목숨을 다해 지켜주겠소."

"감… 사합니다."

우물쭈물 어쩔 줄을 모르고 무안해하는 시시 때문에 조비연이 씨익 웃었다.

다소 엉뚱하고 맹목적인 것처럼 보여도 송일비가 한 여자에게 목을 매는 게 신기하기만 했다. 전국 각지에 여자들을 깔아놓고 있다는 송일비. 천하 한량으로 소문난 그가 아니었던가.

조비연은 문득 시시의 어떤 매력이 그로 하여금 저처럼 매달리게 만든 것인지 궁금해 찬찬히 시시를 살펴보았다.

"흠……."

바람이 불면 휙 날아갈 것 같은 여인. 가녀린 목, 가녀린 어깨. 누가 봐도 품에 안아주고 싶은 그녀. 흡사 어미를 잃고 혼자 초원에 버려진 한없이 여리고 어린 사슴의 모습 같기도 한데, 그 여린 연약함 속에 맑고 투명한 하늘빛이 그대로 투영되고 있었다.

티 하나 묻지 않은 깨끗함. 조비연은 혼자 고개를 끄덕였다. 시녀일 뿐이지만 천하의 한량을 푹 빠져들게 할 만한 깊이깊이 내재된 아름다움이 그녀에게 있었다.

"어머, 누가 이쪽으로 오고 있어요."

시시의 말에 송일비도 조비연도 돌아보았다.

근사한 차림의 중년인 한 사람.

"누구지?"

"무림맹에서 오신 분인 것 같아요."

"무림맹?"

"네. 아가씨께서 지금 영월관에서 무림맹주를 만나고 계세요."

"무림맹주라니. 그들이 왔단 말이야? 그들이 여긴 왜?"

"……."

송일비가 의문을 표했지만 시시도 모르긴 마찬가지였다.

"그리고 편가연 가주를 만난다면서 이쪽으로 오는 까닭은

또 뭐야?'

다가오는 중년 남자를 보는 송일비의 눈초리가 지그시 내리눌렸다.

화려한 의복. 방문자의 예의를 갖춘 것인지 도검 따위 무기를 지니지는 않았지만 당찬 걸음걸이나 야무진 풍모에서 그가 고수라는 사실을 파악할 수 있었다.

무림맹 군사(軍師) 역할을 하는 문상 공약지.

'진천일검(震天一劍)'이란 위명을 가질 정도로 이른 나이에 고수 반열에 오른 그가 영월관을 나와 편가연 때문에 받은 열을 식히고 있다가 별채 앞 운기 중인 궁외수를 발견하고 다가서는 중이었다.

평상 위에 돌아앉아 운기행공에 빠져 있던 외수도 그의 움직임을 알고 있었다.

어느 순간부턴가 운기를 할수록 예민해지는 감각 덕분이었다.

외수는 가부좌를 풀고 평상 아래로 두 발을 내렸다.

"누가 궁외수인가?"

시시의 안락의자 옆에 주저앉은 송일비와 평상에 엉덩이를 붙인 외수를 동시에 쓸어본 공약지가 다소 뻣뻣한 태도로 물었다.

"나요. 누구시오?"

돌아보는 날카로운 공약지의 눈빛.

외수는 인자함이나 너그러움 따윈 찾아볼 수 없는 그의 눈빛이 얼음장 같단 생각을 했다.

"무림맹의 문상이다."

문상이 뭘 하는 것인지도 모르는 외수지만 애써 되묻지 않았다.

공약지의 눈이 염반야부터 조비연까지 훑었다. 남자 둘, 여자 셋. 일어선 사람은 조비연 뿐이었고 다들 멀뚱히 쳐다보고 있는 상황.

공약지는 그게 기분이 나쁜 모양이었다.

"너희들은 뭐지?"

안락의자에 앉은 시시를 중심으로 송일비와 조비연을 차례대로 쏘아보는 공약지.

송일비가 시시의 손목을 놓고 천천히 일어났다.

"우리에게 물은 것이오? 왜 그런 것을 묻소? 볼일이 우리에게 있는 것이오?"

"손님이 찾아왔는데 멀뚱히 보고만 있기에 하는 말이다."

"후훗, 그럼 보고만 있지 않고 달리 뭘 해야 하는 것이오? 우리 둘은 당신이 찾은 저 인간의 친구요. 그리고 여기 앉은 이 소저는 그의 시녀이고."

"뭐, 시녀? 시녀가 주인의 객의 왔는데 그저 앉아서 보고만 있단 말이냐?"

노기를 드러내는 듯한 언사에 시시가 깜짝 놀라며 일어서려 했다.

하지만 낮고 묵직한 궁외수의 목소리가 그녀의 행동을 저지했다.

"시시, 앉아 있어!"

공약지와 외수의 눈이 마주했다.

"그녀는 다쳐서 치료 중이오. 나도 마찬가지고. 큰 움직임을 가질 수 없소. 그런데 당신이 나를 찾아온 용건에 주변 사람들의 태도가 중요한 부분이오?"

"……?"

"아니라면 날 찾은 이유나 들려주시오."

더욱 날카롭게 번뜩이는 공약지의 눈초리. 그는 이내 정말 궁외수가 꽤나 심각한 부상을 입은 상태라는 것을 파악해 냈다.

"많이 다쳤군. 어떻게 다친 것이냐?"

"그것도 중요한 일이오?"

"갈(喝)! 나는 극월세가와 관련된 낭왕 염치우 대협의 죽음을 조사하러 온 사람이다!"

"그렇다면 말하지 않아도 되겠구려. 그것과 전혀 관련 없는 부상이니."

"……."

공약지의 안면이 격하게 실룩거렸다.

자기 앞에서 이처럼 뻣뻣한 놈은 처음인 탓이다. 무림맹 문상이란 명예와 지위가 곤두박질치는 느낌이었다. 편가연 가주와 곧 혼인할 놈이라더니 그래서 자기 앞에서 목에 힘을 주는 것인가 싶었다.

'감히!'

붉으락푸르락 안면 근육이 요동치는 공약지. 그러잖아도 편가연 때문에 열 받아 있는데 새파랗게 어린놈이 화를 더욱 부채질했다.

"네 위명은 들었다. 남궁세가에서 있었던 후기지수 대회에서 무당파 청연 등 쟁쟁한 경쟁자들을 꺾고 낭왕의 일원무극공을 차지한 우승자라고?"

"……."

"아주 떠들썩하더구나. 극월세가 편 가주의 혼인 대상자다운 대단한 위명이었어!"

칭찬인지 비꼬는 것인지 분간이 안 되는 어투. 비시시 입가에 문 미소가 그 의심을 더욱 짙게 했다.

"그것 역시 낭왕의 죽음과 관련이 없소."

무심한 듯 너무도 차분히 응대하는 외수.

공약지는 마치 자신이 눌리는 기분에 감정 조절이 되지 않았다.

"사문이 어디냐?"

외수가 힐끔 눈을 들었다.

"계속 상관없는 물음만 던지시는구려. 무엇이 궁금한 것이오?"

"바로 너! 사건을 조사함에 있어 관련자들의 신상 파악은 기본이다."

"사문, 그런 것 없소."

"스승은?"

"그것 역시 없소."

외수의 무심한 대답에 공약지가 발끈했다.

"이놈! 나를 농락하자는 것이냐?"

"이놈?"

날선 눈초리가 공약지를 관통했다.

"그렇지 않고! 감히 누구 앞이라고 허언을 지껄이는 것이냐. 감히 사문과 스승을 부정하다니. 후기지수 대회에서 명문의 기재들을 꺾고 우승한 네놈의 재주는 느닷없이 하늘에서 떨어진 것이냐?"

"길에서 주웠소!"

"뭐뭣, 뭐야?"

어처구니없는 대답에 당황하는 공약지.

"그냥 주워 배웠소. 칼 들고 휘두르다 보니 되더이다."

"이, 이런 터무니없는 놈잇!"

공약지는 거짓말이라고 생각했다. 발끈한 그는 달려들 듯이 움켜쥔 두 주먹을 바들거렸다.

하지만 외수도 이미 심사가 뒤틀려 있었다. 시시에게 시녀 따위가 왜 앉아 있냐고 고압적인 자세를 보일 때부터 결코 곱게 보이지 않는 사람이었다.

외수는 자세를 고쳐 앉았다.

"의심되면 직접 확인해 보아도 좋소."

서늘하게 날아가서 붙는 눈빛.

공약지의 시선이 즉각 외수의 무릎 위에 가지런히 얹혀 있는 한 자루 긴 장검으로 향했다.

"광오하기 짝이 없는 놈이로구나. 감히 내가 누군 줄 알고."

공약지가 불꽃을 튀기는 그 순간 조비연이 끼어들었다.

"정말 무림맹의 문상이신가요?"

"무얼 의심하는 것이냐?"

신경질적인 반응.

"당최 믿기지 않는군요. 이렇게 발끈하시는 이유가 무엇이죠? 조사를 하러 오신 건지 취조를 하러 오신 건지 분간이 안 되는군요."

"넌 뭘 하는 아이냐?"

이미 성숙한 여인에게 '아이'라 할 정도로 오만한 공약지. 갓 마흔에 지나지 않는 그가 자신의 무위와 위상을 믿기에 나오는 거만함인데 쏘아보는 그의 험악한 인상으로 보아 계집이라 하지 않은 게 다행이었다.

"풋! 무림맹 문상이라더니 예상 밖의 개차반이군. 모든 사람이 자기 발밑에 조아려야 한다고 여기나 보지?"

야전에서 굴러온 조비연답게 즉각적으로 튀어나오는 거친 반응.

공약지가 적잖이 당황했다.

"이……?"

말을 뱉지 못할 만큼 충격을 먹은 공약지가 다시 한 번 조비연을 빠르게 훑었다.

큰 키의 늘씬한 절색 외모. 바로 옆 탁자 위 그녀의 것으로 보이는 두 자루 칼까지 확인했지만 연상되는 인물이 없었다.

무림맹에 있다 보니 조금이라도 이름이 알려진 무인들은 후기지수들까지 모조리 꿰고 있었기에 웬만하면 다 파악이 가능한 그였으나 가장 가깝게 연상되는 인물이라곤 하북 팽가의 여식들뿐이었다.

공약지의 눈에 힘이 들어갔다. 확신할 수 있었다. 명문의 제자나 여식이 아니라는 것을.

"누구냐, 네년은? 신원을 밝혀라!"

이번엔 조비연보다 송일비가 발끈했다.

"거참, 무림맹이 하늘이었던가? 이해할 수 없군. 뭘 믿고 이렇게 안하무인이지? 이보시오, 문상 나리! 당신이 얼마나 지고한 사람인지 모르겠지만 지금 당신 사람 잘못 건드렸어!"

"뭐야?"

"내가 당신이라면 말이야. 무기도 지니지 않은 채 그녀를 건드리는 멍청이 짓은 안 하겠어. 옥황상제라 해도 그녀를 건드는 건 다시 생각해 봐야 되거든. 한 번 물면 절대 놓지 않는다고 소문이 자자한 그녀니까."

"소문이 자자해?"

"짐작도 못 하는군. 말해주기 싫으니까 직접 겪어 보슈. 이미 늦은 듯하니."

조비연을 돌아보는 공약지. 그녀의 손이 탁자 위 칼을 끌어당기고 있었다.

"무슨 수작이냐?"

소리를 쳤지만 조비연의 눈매는 이미 찢어져 있었고, 곧바로 욕지기가 튀어나왔다.

"재수 없는 날이군. 눈 뜨자마자 개 같은 놈에게 개소리부터 듣다니."

"뭐뭣? 개, 개? 이런 발칙한 년이!"

공약지가 움직였다. 땅을 박차는 순간 경력을 일으킨 손이 조비연의 안면을 향했다.

일지금강(一支金剛).

타격되는 순간 이마빡에 구멍이 뚫는 것은 물론 머리통 전체가 터져 나갈 수도 있는 무공이었다.

"소림 제자였군."

조비연의 칼 한 자루가 올려쳐졌다. 그녀의 대응도 빈틈이 없었고 무척이나 쾌속했다.

부아악!

엄청난 파공성. 외형상 여인이 커다란 도를 그처럼 쾌속하게 휘두를 것이라곤 생각지 못한 공약지는 잠시 멈칫한 후 금나수(擒拏手)로 바꾸어 전개했다.

하지만 또 하나의 칼이 날아올라 금나수를 펼치는 공약지의 손목을 노렸다.

부욱!

황급히 손을 거둔 공약지.

그러나 칼을 휘두른 조비연의 공격은 거기서 그치지 않았다.

조비연은 공약지의 머리통을 쪼개고 허리를 끊어놓겠단 듯 거침없이 두 자루 거도를 휘둘러 갔다.

타탕! 캉!

어쩔 수 없이 공약지는 장력을 쏘아 받아치곤 뒤로 풀쩍 물러섰다.

얼굴이 벌게진 공약지. 도망친 것 같은 꼴이어서 부끄러웠다.

놀라기도 했다. 여인의 무력이라기엔 과격하고 파괴적인 무위. 무기를 외원의 수하들에게 맡겨두고 온 탓에 자칫 자신이 당할 수도 있을 정도의 무위였다.

"정체를 밝히라니까!"

화에 받쳐 신경질적인 고함을 내지르는 공약지.

그런데 대답이 뒤에서 흘렀다.

"그녀는 조비연이란 여인이오."

공약지가 돌아보았다.

바로 등 뒤에 외수가 서 있었다.

"조… 비연?"

"그렇소."

비로소 공약지는 머릿속에 하나의 이름을 꺼내 들었다.

"철랑 조비연?"

고개를 끄덕일 필요조차 없단 듯 외수는 묵묵했다.

"이런 터무니없는!"

어처구니없단 얼굴로 다시 조비연을 홱 돌아보는 공약지.

이쪽저쪽 불끈대는 안면 힘줄과 근육이 성난 그의 상태를 잘 보여주고 있었다.

"으드득! 감히 노상의 떨거지들이나 쫓아다니는 개가 나를 농락했단 말이지?"

분노에 차서 으스러지도록 이를 갈아대는 것은 물론 움켜 쥔 두 주먹을 바들바들 떨기까지 하는 공약지였다.

그 순간 다시 외수의 음성이 그의 뒤통수를 때렸다.

"정말 베어버리고 싶군!"

"......?"

공약지가 자기가 들은 것을 믿지 못하겠단 얼굴로 다시 천 천히 돌아섰다.

"뭐, 뭐라 했느냐?"

"당신 말이야. 뭐야, 싸우러 왔어? 왜 그렇게 목에 힘을 주지? 여기가 당신 안방이야?"

"......?"

당황한 공약지가 입만 벌리고 있을 때 외수가 고함을 질렀다.

"멈춰, 비연!"

공약지가 재빨리 돌아보았다. 조비연이 덮쳐 오는 것인가 싶었지만 날아온 것은 바로 눈앞에 멈추어 있는 두 개의 작은 비도였다.

'월령… 비도?'

말로만 들었던 철랑 조비연의 비도.

공약지는 비도가 날아오는 것을 인지하지도 못했다.

사하공이 만든 세상에 존재하는 열두 개의 절대신병 중 하나.

어느 틈에 그것이 하나는 이마 한가운데를, 다른 하나는 목을 파고들 듯이 닿아 있었다.

식은땀이 흐르는 순간, 그대로 이마와 목을 파고들 것 같은 그 순간에 외수가 다시 외쳤다.

"그만둬, 비연!"

조비연이 바로 거부했다.

"싫어! 간섭 마! 지금이 아니면 이 모욕을 갚을 기회가 없을지 몰라!"

"그래도 여기가 극월세가라는 점을 감안해 줘."

낮고 부드러운 음성.

조비연이 험악했던 표정을 천천히 풀었다. 외수의 말뜻을 알아들은 것이다.

"해결할 거야?"

끄덕.

외수의 대답이 확인되자 비도가 공약지의 목과 이마에서 떨어져 되돌아갔다.

"사과해, 그녀에게!"

"뭐야?"

"싫어? 그럼 여기서 꺼져!"

돌아서 버리는 외수.

"이놈, 조사를 하러왔다고 하지 않았더냐?"

평상에 앉으려던 외수가 싸늘히 돌아보았다. 한기(寒氣) 서
린 눈초리.

"더 이상 말 시키지 마. 당신 같은 자와 마주하고 있는 것
자체가 화나니까!"

외수는 인내하고 있었다. 흡사 화산파의 백도헌과 화산신
검 문여종을 보는 것 같은 더러운 기분.

"이놈, 내가 누군지 잊었느냐?"

"알지! 아무에게나 이놈 저년 하는 잘난 무림맹의 인사! 더
이상 말 시키지 말고 꺼져!"

외수는 상종하기 싫단 듯 다시 돌아서 원래대로 평상에 앉
아버렸다.

모멸감에 떠는 공약지.

그가 분노를 주체하지 못하고 일촉즉발의 위험한 상태를
보이자 송일비가 끼어들었다.

"이보시오, 문상 나리! 아무래도 그냥 가는 게 좋겠는걸.
당신의 잘난 지위와 위상, 여기선 그 거드름을 받아줄 사람

없어. 그러다가 서로 피만 보게 된다고. 그런 건 무림맹에 가서나 피워!"

우두둑!

움켜쥔 공약지의 주먹에서 나는 소리였다. 빠르게 내력을 끌어올리는 탓에 그의 옷자락이 몹시도 신경질적으로 사방으로 펄럭였다.

"크흐, 용서할 수 없어! 네놈들에게 날 농락한 죄를 묻겠다!"

파앗!

불시에 튀어나가는 신형.

비록 무기를 지니지 않았어도 권(拳), 장(掌), 각(脚), 지(指), 모두 무기나 다름없는 무위를 지닌 공약지로선 전혀 문제될 것이 없었다.

공약지는 용납할 수 없었다. 소림 속가제자 출신이란 자부심에 일파의 장문인과 같은 권위와 위상을 누리는 무림맹 이인자로서 이런 상황을 결코 묵과하고 넘어갈 순 없었다.

송일비는 상대가 움직였는데도 여유 만만했다.

"이거 적반하장 맞지?"

소림 나한(羅漢) 신법과 용조수(龍爪手).

송일비는 상대방의 수법을 정확히 꿰뚫어보고 있었고, 허리에 감긴 호접검을 뽑지도 않았다.

궁외수의 말처럼 여기는 극월세가 안이었고, 굳이 부딪쳐 피를 볼 이유가 없는 데다 신법만으로도 충분히 놀아줄 수 있었기 때문이었다.

콰악! 탁!

휘익!

생각대로 송일비는 현란한 공약지의 손속을 가볍게 받아 치며 몸을 뒤로 뺐다.

"이놈, 쥐새끼였더냐? 그리 도망만 다닐 생각이냐?"

"풋, 큰소리는. 나보다 당신 뒷덜미부터 걱정하는 게 좋을 걸. 키킥!"

"⋯⋯?"

움찔한 공약지가 헛소리가 아닌 걸 알고 재빠르게 옆으로 몸을 젖히며 돌아섰다.

또 비도가 날아오나 싶었는데 아니었다.

무식한 손. 어느새 다가온 궁외수가 머리통을 잡겠다고 뻗은 손이었다.

부상이 아니었던가?

어쨌든 공약지는 궁외수의 손목을 용조수로 낚아챘다.

움켜잡는 것뿐 아니라 맥문(脈門)까지 틀어잡는 용조수에 걸린 이상 빠져나가는 건 불가능했다.

손목을 틀어쥐고 일격을 위한 회심의 미소가 공약지의 면상에 번지는 그때.

뚜둑!

공약지는 경악했다. 맥문을 잡힌 상태로 손목을 비틀어 도리어 같이 손목을 움켜잡는 궁외수.

분명 용조수였다. 거기다 손을 비틀어 잡힌 손목을 빼내는 동작은 금나수였다.

"이, 이놈?"

공약지는 움켜잡힌 손의 아픔도 잊고 왼손을 뻗었다. 면상에 가하려던 일격이었다.

하지만 외수의 오른손도 덮쳐들었다.

콱!

주먹을 잡는가 싶더니 바로 변화를 일으켜 손목을 움켜잡는 궁외수.

또다시 시전된 금나수와 용조수였다.

공약지는 경악했다.

"네… 네놈이 어떻게……? 소림의 제자냐?"

"그게 어디 붙었는데?"

"아니란 말이냐? 그렇다면 어떻게 네놈이 소림 금나수와 용조수를 아느냐?"

"말했잖아. 길에서 주워 배웠다고. 당신이 하는 걸 따라 해봤을 뿐이야."

"말도 안 되는! 어디서 거짓말을!"

차올려지는 공약지의 다리.

하지만 차올려진 위력의 반에도 못 미치는 힘으로 외수의 옆구리를 가격할 뿐이었다.

"끄윽! 끄아악!"

왼발이 차올려지는 순간 외수가 움켜쥔 두 손목을 으스러뜨릴 듯 힘을 줘 비틀어 버린 탓이었다.

힘이라면 공약지가 외수를 당할 수 없다. 낭왕의 내력까지 더해진 그이고 보면 공약지가 죽을 듯 비명을 지르는 것도 당연했다.

거기에 외수는 공약지를 끌어당겨 울부짖고 있는 면상을 그대로 들이받아 버렸다.

퍽!

꺾여 넘어가는 고개. 그 위로 핏방울이 튀었다.

공약지는 더 이상 움직이지 못했다. 두 손목이 잡힌 채 축 늘어져 버린 공약지.

털썩.

외수가 두 손을 놓자 공약지는 그대로 고꾸라졌다.

오연히 내려다보는 궁외수.

그 무식한 응징(?)에 어이가 없단 듯 보고 있던 송일비가 다가와 물었다.

"너, 다 나은 거냐?"

외수가 힐긋 째려보았다. 멍청한 질문. 다 나았을 리가 없지 않느냔 뜻이었다.

그때 편가연이 나타났다. 싸우는 걸 보았는지 영월관 쪽에서 허겁지겁 달려오고 있었다.

그리고 그 뒤로 무림맹주 육승후도 따라 나타나고 있었다.

第六章

두 번째 방문자

죽이고 싶다. 죽이고 싶다. 죽이고 싶다.

　　　　　　　　　—그에게 당한 자들의 한결같은 마음

"어떡하려고 그런 거예요? 무림맹의 문상을 그렇게 떡을…
쳐 놓으면… 어떡해요?"

편가연이 침대 위에 올라앉은 외수 앞에 서서 걱정스런 척
을 했다.

"어떻게 됐어? 갔어?"

"모르겠어요. 외원으로 나가긴 했는데 다시 들어올지도 모
르죠. 외원에 대기했던 수하들과 함께!"

"후훗, 그 정도밖에 안 되는 자들이야?"

"어머머? 지금 웃음이 나오세요? 무림맹주와 문상이라고

요, 무림에서 위상이 가장 큰 사람들!"

외수가 가자미눈을 하고 째렸다.

"뭐야, 그 표정은? 걱정스러운 게 아니라 즐기는 표정 같은데? 정말 그들이 쳐들어올까 걱정하는 거야?"

"호호, 아마 그러진 못할 거예요. 여긴 극월세가고 그들은 무림맹의 수장과 이인자잖아요. 드러내 놓고 행동할 수 있는 신분들이 아니죠. 모르긴 해도 공자님께 얻어맞은 사실을 숨기고 싶은 심정일걸요? 물론 두고두고 원한을 가진 채 복수의 기회를 엿볼 테지만."

편가연의 대답에 외수는 모른 척 씨익 웃었다.

"혹시 그런 계산 하에 두들겨 버린 것 아니에요? 조금의 거리낌도 없이?"

영리한 편가연.

외수가 대답은 않고 야릇한 미소만 지은 채 고개를 가로저었다.

편가연의 입가에도 미소가 지어졌다.

"호호호. 사실은 통쾌했어요. 정말 침이라도 뱉어주고 싶은 사람들이었거든요."

"그래, 개차반이더군. 그런 자가 무림을 대표하는 자라니."

편가연 외수를 내려다보며 미소를 놓지 않았다. 마치 그가 복수를 해준 것 같아 좋았고, 또 멀쩡히 잘 회복하고 있는 것 같아 기뻤다.

"정말 몸은 괜찮은 거예요?"

끄덕.

"그래. 많이 좋아졌어. 생각보다 회복 속도가 빠르군. 천년 하수오 덕분이겠지?"

외수는 편가연이 내준 영약 덕분이라고 말했지만 사실은 낭왕의 일원무극공 영향이 더 컸다.

무림삼성과의 싸움을 거치며 일원무극공의 운기와 운용법을 완전히 터득하게 된 후 하루가 다르게 진화하고 있는 그였다.

물론 외수 자신은 그 발전의 폭을 인지하지 못하고 있었으나 매일매일 이루어지는 주천(周天) 과정은 외수의 모든 상태를 무서운 속도로 탈바꿈시키고 있었다.

"그런데 이 일 때문에 극월세가는 위급 시 도움을 받을 수 있는 큰 조력자를 잃은 셈이군. 진짜 외톨이가 됐어. 미안하군."

외수의 말에 같이 연관된 송일비와 조비연도 고갤 들어 힐끔 편가연을 쳐다보았다. 물론 시시도 우려스럽게 지켜보고 있었다.

"아니에요. 공자님이 계시잖아요? 어차피 도움이 안 되던 그들이에요. 믿을 수도 없었고요."

"흠, 그들이 해(害)가 되지는 말아야 할 텐데. 어쨌든 이 상태로라면 조만간 움직일 수 있을 것 같군."

외수는 몸을 점검하듯 앉은 상태에서 팔을 빙글빙글 돌려 보았다.

"서둘러 구룡협을 갔다 와야겠어."

"구룡협이라면 귀살문이란 그 살수문파를 얘기하는 거예요?"

끄덕.

"정말 직접 가시게요? 다른 사람을 보내면……?"

"안 된다고 했잖아. 보낸다고 오겠어? 오지도 않을뿐더러 우리가 알고 싶어 하는 것들을 말해줄지도 의문이지. 내가 가는 것이 최선이야!"

"하지만……."

편가연이 불안한 기색을 보이자 외수는 창가 쪽 의자에 앉아 있는 송일비와 조비연을 돌아보며 말했다.

"저 둘이 있으니까 괜찮아. 기껏해야 자객 정도가 가장 큰 위협일 테니. 모레쯤 출발하려 하니 그리 알고 있어."

"그렇게 빨리요? 아직 몸이 회복 안 됐잖아요."

"이 정도면 버틸 수 있어. 걱정 마."

"……."

편가연이 울상을 한 채 더 이상 말을 잇지 못했다.

그때 시시가 일어났다.

"아가씨, 제가 공자님을 모시고 갔다 올게요."

"응?"

"무슨 소리야? 네가 어떻게 같이 가?"

외수가 바로 발끈했다.

"전 거의 다 나았는걸요? 문제없어요. 보세요."

시시가 허리에 두 손을 얹고 좌우로 돌려보였다.

"하루 이틀 만에 갔다 올 수 있는 거리가 아니잖아요. 시중
도 필요하고 길을 안내할 사람도 필요하잖아요. 제가 같이 다
녀오겠어요."

"안 돼! 넌 더 요양해!"

외수가 일언지하에 거절하자 보고 있던 편가연이 허락했
다.

"그렇게 해요. 시시만이라도 데려가세요. 그래야 조금이라
도 안심이 되겠어요."

"무슨 소리야. 내가 돌아오지 않을까 봐 걱정된다는 뜻이
야? 시시와 같이 가야 안심이 된다니?"

"어쨌든요. 영특한 아이니까 도움이 될 거예요."

"알았어. 마차는 밖에서 구해 대기시켜 줘. 아무도 모르게
움직여야 하는 상황이니."

외수가 어쩔 수 없단 듯 수락을 하자 송일비가 벌떡 일어

났다.

"안 돼, 안 돼! 왜 시시 소저를 데려가겠다는 거야? 다른 시녀들도 수도 없이 많잖아. 다른 시녀와 가!"

송일비로선 당연한 반응이었다. 그 자신이 극월세가에 있는 이유가 오로지 시시였으니.

시시가 배시시 웃었다.

"귀수비면 님, 공자님께서 안 계시는 동안 우리 아가씨 잘 부탁드려요. 안전하게 지켜주세요. 믿어도 되죠?"

"이런!"

시시의 애교에 녹아 무너지는 송일비였다.

*　　　*　　　*

깊은 밤.

더듬더듬 조심스런 손 하나가 외수의 방문을 더듬었다.

스르르 조용히 방문을 열고 들어서는 인영.

흐릿한 달빛이 비쳐 드는 넓은 방 안에서 혼자 내공 수련 중이던 외수가 다가서는 조심스런 발걸음만큼이나 가만히 눈을 떴다.

"반야, 어쩐 일이야 이 시간에? 자지 않고 있었던 거야?"

반야는 대꾸 없이 침대 근처의 의자를 더듬어 마주앉았다.

어둡고 우울한 반야의 얼굴. 외수는 그녀가 뭔가 할 말이 있다는 걸 눈치챌 수 있었다.

"무슨 일이야?"

"날 여기 내버려 두고 갈 건가요?"

"……?"

반야의 말에 외수는 적잖이 당황했다.

"내버려 두다니, 그런 말이 어디 있어? 난 그냥 잠시……."

"내게 한 약속을 잊은 건가요? 한시도 떼어놓지 않고 지켜주겠다 하셨죠."

"그, 그랬지."

"한데 지금 날 여기 떼어놓고 혼자 가겠단 거잖아요."

"그건 일 때문에 어쩔 수 없이 잠깐……."

"그 잠깐 사이에 당신이 잘못되면요? 적을 만나 죽기라도 하면요?"

"……?"

냉기가 흐르는 반야였다.

"난 그냥 여기 아무 연고도 없는 극월세가의 보호나 받으면서 살아가란 건가요?"

"반야……."

"싫어요. 용납할 수 없어요. 죽더라도 내가 있는 데서, 내가 보는 데서 죽어요!"

곧 눈물을 터트릴 듯 입술을 꼭 깨물고 고개를 흔드는 반야
였다.

외수는 무어라 대꾸조차 할 수 없었다. 그저 먹먹하고 답답
한 가슴에 숨이 막힐 뿐이었다.

말 없는 시간이 흘렀다. 반야는 여전히 입술을 꼭 깨문 채
창 쪽으로 고개를 돌려 외면하고 있었고, 외수는 무거운 시선
을 바닥에 떨어뜨린 채 고뇌에 싸여 있었다.

"미안해. 떼어놓지 않을게."

한참 만에 내놓은 외수의 대답.

어떤 움직임도 일어나지 않았다. 시간은 무겁게 흘렀고, 무
릎 위 가지런히 손을 모은 반야는 고개를 숙인 채 반응조차
하지 않았다.

억지를 쓰는 게 미안했던 탓일까. 반야는 숙여진 고개를 들
지 않았다.

어느 순간 조용히 그대로 일어나는 반야. 돌아서 왔던 길을
되짚어가려 하자 외수가 팔을 뻗어 그녀의 손을 잡으며 일어
났다.

"반야, 우리 또 야간 산책이나 할까?"

울먹.

기어이 눈물이 터지고 만 반야였다.

"미안해요, 흑흑! 당신의 짐만 되고 있어요."

외수의 품에 쓰러지듯 머리를 박은 반야는 울음을 주체하지 못했다.

"말도 안 되는 소리! 짐이라니. 이렇게 예쁜 짐이 어딨어? 울지 마. 내가 다시 앞을 보게 해준다고 했잖아. 그때가 되면 날 보고 못생겼다고 버리지나 마!"

                    *   *   *

외수의 박치기(?)에 한쪽 눈두덩이가 퉁퉁 붓고 코뼈까지 내려앉은 공약지와 무림맹주 일행은 소리 소문도 없이 극월세가를 떠났다.

한데 다음날 다른 이가 찾아들었다.

"왜 따라오는 것이냐?"

편가연의 사촌 오라비이자 섬서 편씨무가의 장남인 편무열. 그가 위사들과 함께 자신을 따라오는 정문 위장 태대복을 보고 귀찮다는 듯 물었다.

"죄송합니다, 대공자님! 아가씨께서 세가를 방문하는 자는 누구를 막론하고 같이 움직이란 명령이 있으셔서."

인상을 일그러뜨리는 편무열.

"왜? 무슨 일이 있었더냐?"

"아뇨. 일이 있었다기보다 위협이 존재하니 철저한 대비를 하는 차원이겠죠."

"거기에 나도 해당한단 말이냐?"

"죄송합니다. 무열 공자님까지야 어찌 해당되겠습니까. 그
저 빈틈을 노출하지 않기 위함이라 이해해 주십시오."

"흐흠! 저긴 왜 저러나? 울창한 죽림이 있던 곳 같은데?"

기분 나쁜 표정으로 내원을 향하던 편무열이 폐허가 된 현
장을 쳐다보며 의아해했다.

"아, 공사 중입니다. 새로 꾸민다고."

"그래?"

대답은 했지만 미심쩍단 눈초리를 흘리는 편무열. 이 시기
에 구석진 곳을 꾸미기 위해 공사를 한다는 게 의심스러운 모
양이었다.

"무열 오라버니?"

"어서 오세요, 대공자님!"

외수와 함께 밖에 나와 있던 편가연과 시시가 무열을 발견
하고 인사를 했다.

"어쩐 일이에요, 소식도 없이?"

"지나던 길에 궁금해 들렀다. 왜 나와 있는 것이냐?"

의자에 기대앉은 외수를 힐긋 쓸어보는 편무열.

"햇살이 좋잖아요."

"별일은 없었느냐?"

"네."

"돌아오는 길에 공격을 받았다던데 다치진 않았고? 낭왕이 죽었다던데?"

"네, 그랬어요. 염 대협 덕분에 제가 살았죠."

"흠, 안타까운 일이 발생했군. 어쨌든 네가 무사하니 다행이다. 그런데 저들은 누구냐? 못 보던 얼굴들인데?"

편무열의 눈이 송일비와 조비연 쪽으로 향했다.

"새로 증원된 호위무사님들이에요."

"호위?"

편무열의 눈매가 샐그러졌다. 비딱한 눈초리.

그럴 것이 별채 계단에 걸터앉은 모양새나 팔짱을 낀 채 난간에 기대선 자세가 고용된 호위라고 하기엔 편무열의 눈에 너무 불량스러웠기 때문이었다.

게다가 여자라니. 그럴듯하게 큰 키에 두 자루의 거도를 두르고 있지만 무공보단 외모가 더 돋보이는 여인이지 않은가.

"궁 공자님의 친구들이에요."

덧붙인 편가연 설명. 편무열의 눈초리는 더 일그러졌다.

편가연이 송일비와 조비연에게 편무열을 소개했다.

"인사하세요. 섬서에 있는 편씨무가의 제 사촌 오라버니세요."

"반갑소."

송일비의 인사. 그는 계단에 앉은 채 일어설 생각도 하지 않았고, 조비연은 팔짱을 낀 그대로 그저 고개만 까닥였다.

편무열은 못마땅한 기색을 애써 드러내지 않았다.

"친구라. 그럼 곤양이란 촌에서 온 자들인가?"

"아니에요, 오라버니. 여기 온 이후에 공자님께서 인연을 가진 분들이에요."

"그래? 믿을 수 있는 사람들이냐?"

"그, 그럼요."

"흠, 내가 시험해 봐도 될까. 겉보기엔 무공이라기 보단 그저 놈팡이와 여염집 여자로밖에 보이지 않아서 그런다."

"오라버니?"

당황한 기색을 감추지 못하는 편가연.

"하하, 오해하지 마라. 그냥 그렇게 보인다는 것뿐이니까."

편무열이 얼버무렸지만 송일비는 이미 기분이 나빠진 상태였다.

"후후, 편씨무가의 대공자를 뵙게 되어 영광이오. 한데 우리 무공을 확인하고 싶다 하셨소?"

"……"

삐딱하게 쳐다보는 편무열.

"그런데 어쩌오? 나나 저 친군 비무 따윈 질색을 하는 사람

들이라서 말이오. 칼을 맞대면 피를 봐야 속이 풀린단 말이
지. 뭐 그래도 괜찮다면 응해 드리리다."

"후후후, 자신 만만하군."

"쥐뿔도 없으면서 태생이 당최 겁이 없는 놈이라서 말이
오. 물론 저기 있는 인간만큼은 아니지만!"

턱 끝으로 외수를 지목하는 송일비.

편무열이 외수를 쳐다보았다.

"넌 다친 게냐?"

끄덕.

"옆에 있는 사람은 누구냐?"

잠시 외수를 노려보던 편무열이 반야를 궁금해하자 이번
에도 편가연이 대답했다.

"남궁세가에서 보지 못하셨어요? 그녀는 낭왕 염 대협의
유일 혈육이에요."

"……."

말이 없는 편무열.

머릿속에 그녀가 왜 이곳에, 그것도 궁외수 옆에 붙어 있는
것인지 까닭을 생각해 보는 중이었다.

그러나 생각도 잠시, 편무열은 낭왕이 죽었기에 어쩔 수 없
이 편가연이 그녀를 거두어주는 것이라 판단하고 시선을 거
두었다.

"어쩌시겠소. 피 튀기는 비무라도 한 번 해보시겠소? 우리가 궁금한 모양인데."

송일비가 다시 자극을 하고 나섰다.

"그만둬!"

"그만두세요!"

외수와 시시가 동시에 제지했다.

차가운 시선의 외수.

"그런 데 힘 뺄 여력은 없는 사람들이오. 그들은 놔두고 편가연과 볼일이나 보시오."

빠직.

편무열의 관자놀이에 설핏 핏대가 꿈틀댄 듯했다.

"그래요, 오라버니. 이미 무위야 말하지 않아도 되는 분들이니까 들어가서 저랑 얘기나 해요. 본래 호위를 하실 분들이 아니에요."

편가연이 시시와 함께 본관으로 유도하자 못 이기는 척 편무열이 걸음을 옮겨갔다.

"흥!"

편무열이 집 안으로 들어가자 송일비가 콧방귀부터 꼈다.

"저 인간, 편가연의 사촌 핏줄이라지만 상당히 기분 나쁘고 의심스럽군. 야, 궁외수! 네 말이 맞는 것 아냐? 제일 먼저

방문하는 자가 적일 가능성이 높다는 그 말?'

외수는 대답하지 않고 지그시 시선을 내리누른 채 편무열이 들어간 본채 현관을 뚫어지게 응시했다.

*   *   *

"누구냐? 뭐하는 자들이야?"

본관 이 층 편가연의 집무실이 아닌 방으로 들어서서 의자에 앉아마자 추궁하듯 묻는 편무열.

편가연이 응접탁자 위에 놓인 찻주전자를 들어 직접 차를 따라주며 웃었다.

"호호, 뭐가 그렇게 궁금하세요? 걱정 마세요. 밝힐 수는 없지만 무위나 다른 것도 의심할 필요가 없는 신원 확실한 사람들이에요."

"알려진 자들이란 뜻이로구나."

"네, 아주 많이! 어쩌면 오라버니보다 더 유명한 사람들일 걸요."

"흠, 많이 믿는 모양이구나?"

"네. 그럴 수밖에요. 궁 공자님이 친구로 사귀는 분들인 데다 이미… 음!"

편가연이 말을 하려다 끊고 찻잔을 입으로 가져갔다.

눈치가 빠른 편무열이 모른 척 다른 곳으로 눈을 돌렸다.

"창문이 부서졌던 모양이로구나. 누가 침입한 흔적 같은데?"

"음, 네! 자객이 들어 싸움이 있었어요."

"으응? 자객이라고? 그래서 어찌 되었느냐?"

펄쩍 뛰며 놀라는 편무열.

말을 할 수밖에 없게 된 편가연이 대충 얼버무렸다.

"위사들이 제압했어요. 제압된 후 자결을 했고요."

"위사들이?"

"네. 매일 밤 몇 개 조가 돌아가며 경계 감시를 하니까요. 걱정 마세요."

"음, 그래. 어찌 됐던 조심해라!'

"그럴 게요."

미소를 짓는 편가연을 보며 편무열도 찻잔을 입으로 가져갔다. 하지만 그의 눈은 수리된 창틀을 훑고 있었다.

*　　　*　　　*

편가연과 본채를 나온 편무열은 여전히 별채 앞마당에 늘어지게 앉아 있는 궁외수를 보고 말을 건넸다.

"축하한다."

"무엇이 말이오?"

"남궁세가에서 네가 우승하는 것을 보았다. 내가 널 잘못 보았단 것 인정하마. 사과한다."

"되었소. 사과할 일까진 아니잖소."

"꽤 큰 부상을 입은 듯한데 좋아 보이는군. 상으로 탄 낭왕의 내공을 수련하기 때문인가?"

"받았으니 수련이야 하오. 하지만……."

"후후, 쉽지 않을 테지. 내공이란 걸 처음 익히는 것일 테니 말이야. 그리고 다른 자의 것도 아니고 낭왕의 신공이니 오묘하기도 할 테고. 열심히 해보게. 덕분에 우리 가연이의 안전이 더 확고해졌으면 좋겠군."

"……."

"그럼 또 보지."

편무결은 송일비와 조비연까지 쓸어본 다음 외원을 향해 이동해 갔다.

배웅을 마친 편가연이 송일비와 조비연에게 사과를 했다.

"이해하세요. 성격이 워낙 깐깐한 오라버니라 두 분의 신경을 건드렸을 거예요. 말투나 행동과 달리 좋은 분이니 너무 언짢게 생각 마세요."

송일비가 멀어져 가는 편무열을 바라보며 비릿한 웃음을 흘렸다.

"그런가? 후후훗, 좋은 분이 아니라면?"

"네?"

"후후, 편 가주! 그냥 느낌이오. 신경 쓰지 마시오."

"아, 네. 두 분께 항상 고마움을 느낍니다. 여기 생활이 특별할 것도 없고 재미도 없을 텐데 저를 위해 애를 써주시니. 앞으로도 잘 부탁드리겠어요."

"흐훗, 재미가 왜 없소. 나야 시시 소저와 매일 같이 있으니 좋고, 철랑 또한 자기가 폭 빠진 사람을 매일 보는데."

"예?"

즉시 조비연의 서릿발이 섰다.

"야, 도둑놈! 죽고 싶냐? 왜 네 멋대로 지껄여?"

"아니었어? 네가 그 비대하던 살을 단기간에 뺀 것도 저 인간 때문이고 현상금사냥꾼 노릇 때려치우고 여기 있는 것도 저놈 때문 아냐? 그럼 뻔한 거지 뭐. 흠모! 짝사랑! 크크큭, 설마 나 때문에 여기 있는 건 아니겠지?"

"이 새끼가!"

"아아, 알았어! 농담이야, 농담! 진정하라고, 하하하! 그런데 말이야, 비연! 이왕 바꾼 거 그 말투도 좀 바꾸면 안 될까? 당최 적응이 안 된단 말야. 그 화려하고 아리따운 얼굴에 그처럼 상스럽고 험악한 말투는 너무도 상이해! 그리고 그런 말투를 쓰는 여잘 누가 좋아하겠냐. 내가 궁외수라도 학을 떼겠네."

"이 새끼!"

크릉!

거칠게 칼이 뽑혔고 조비연은 죽일 듯이 송일비에게 달려들었다.

뽑아 달려드는 것만이 아니라 송일비가 풀쩍 뛰어 도망을 치자 아예 칼을 집어던지기까지 했다. 하지만 예전이나 지금이나 두 사람 사이 쫓고 쫓기는 놀이(?)는 송일비 쪽이 좀 더 여유로웠다.

"하하하, 하하! 새로운 비도술이냐? 비도치곤 너무 큰 거 아냐? 이기어검술인가? 아하하, 하하하!"

"거기 서, 이 도둑놈 새끼야! 죽여 버리겠어!"

"글쎄, 그 말투 좀 고치라니까."

요리조리 미꾸라지처럼 도망 다니는 송일비.

과연 귀수비면다운 몸놀림이었다. 칼을 뽑아 든 조비연이 불같은 서슬로 달려드는 데도 그는 아슬아슬 잘도 피해 다녔다.

"하하하, 비연! 잡아 보라고. 이제 날씬해지기까지 했는데 못 잡는 거야? 옛날 생각도 나고 좋은걸. 잡아 봐, 잡으면 내가 뽀뽀도 해주고 업어도 줄 테니. 하하하, 으하하!"

장난치곤 너무도 아슬아슬한 두 사람의 술래잡기(?)를 보며 편가연이 멍해 있을 때 시시가 차를 들고 나와 외수에게 제일 먼저 건넸다.

"호호, 저 두 사람 저런 관계였군요."

"그래, 특이해! 희한하게 어울리는 한 쌍이야. 후후!"

第七章

심야의 만행

아무래도 상습범 같아.

그의 두뇌라면 완벽하게 짜 맞춘 완전범죄가 가능할지도.

—두 번이나 알몸을 들킨 시시

일월천. 섭위후 교주의 침소.

"후후후, 네 아들이 영락없이 널 빼다 박았다고?"

자리에 누워 거동조차 못 하는 섭위후가 침대 옆에 앉은 첩 혈사왕 궁뇌천을 보며 웃었다.

"보고 싶구나. 그 핏덩이가 어떻게 컸는지. 왜 데려오지 않았느냐?"

"데려올 일 없소."

퉁명스러운 궁뇌천.

"어째서?"

"재앙이 될 놈이오."

"후후, 하늘이 무너질까 걱정하는 것을 '기우(杞憂)'라 한다. 네가 그 꼴이지 않느냐. 그래서 너도 재앙이었더냐?"

"나도 재앙과 다를 게 뭐 있소. 적뿐 아니라 일월천 수하들에게도 끔찍한 공포였으니. 그리고 나와는 다르오."

"다를 수 없다. 너는 영마지기를 이겨낸 영마가 아니더냐. 그렇다면 네 아들도……."

"다르다니까!"

버럭 화를 터트리는 궁뇌천. 외수 얘기는 아무래도 민감한 탓이다.

"녀석은 차원이 다른 영마요. 이미 그 길로 들어섰소."

실의에 찬 얼굴로 고개를 떨어뜨리는 궁뇌천.

"바보 같은 녀석! 운명이 그러하다면 어쩔 수 없는 것을. 거스르려 한다고 거슬러지는 것이더냐. 재앙이 되어도 네 핏줄! 불러서 곁에 두고 지켜주어라!"

"……."

궁뇌천은 말이 없었다.

떨어진 고개도 들리지 않았다.

깊은 밤, 두 사람뿐인 침소는 더 이상의 대화 없이 길고 긴 침묵만이 이어졌다.

*   *   *

극월세가 인근의 골목 안.

허름한 차림에 죽립을 눌러쓴 궁외수가 대기 중이던 마차의 문을 열고 태연스럽게 올라탔다.

"공자님!"

반야를 데리고 먼저 와서 기다리던 시시가 쓰고 있던 커다란 면사모를 벗으며 반색을 했다.

탁탁.

외수가 마차를 두들겨 신호를 하자 마부석에 앉은 노인이 천천히 마차를 움직여 가기 시작했다.

바쁠 것이 없다는 듯 느릿느릿 움직이는 마차. 흰 수염과 헝클어진 흰 머리칼을 날리는 촌로 같은 마부석의 노인은 콧노래까지 흥얼거리고 있었다.

"둘 다 괜찮아?"

"네, 아무 일도 없이 왔어요."

혹 있을지 모를 감시의 눈을 피하기 위해 따로따로 나온 그들이었다.

"그것보다 공자님. 이쪽으로 다리를 펴고 기대어 누우세요."

외수의 회복되지 않은 몸을 걱정하며 반야 쪽으로 당겨 앉는 시시였다.

"괜찮아. 이쪽으로 기대면 돼!"

외수가 자신의 검과 천으로 둘둘 말아 싼 두 자루 자객도와 암기를 바닥에 내려놓고 마차 창 쪽 벽에 기대어 다리를 뻗었다. 시시의 걱정대로 아직 통증이 남은 탓이다.

"얼마나 걸리지?"

"이대로 마차로 가면 사흘 남짓 걸릴 거예요."

"그건 챙겨 왔지?"

"네, 여기!"

시시가 행낭에서 귀살문주라고 적힌 패찰을 꺼내 건네었다.

"만날 수 있을까?"

"본인이 한 약속이니 만나주겠죠. 공자님께서 원하는 걸 내놓을지는 모르겠지만."

"흠, 헛걸음 되는 일은 없어야 할 텐데."

곽영지의 패찰을 들여다보는 외수. 적들에 대한 조그만 단서라도 얻을 수 있게 되길 바랐다.

외수의 눈이 반야에게로 옮겨졌다.

"반야, 불안해?"

"아니에요."

"그런데 왜 시무룩해 있어?"

"아니에요."

"……?"

외수는 반야가 왜 그러는지 몰라 갸우뚱했다.

"반야, 불편한 게 있으면 언제든지 말해."

"그럴게요."

시무룩한 고개를 창밖 쪽으로 돌린 반야. 더 이상 대화는
없었다.

*   *   *

"음, 다행히 따라오는 자는 없는 듯하군."

외수가 휴식을 위해 마차에서 내리며 달려온 길을 확인하
곤 만족했다.

마차는 한적한 길가 작은 객잔 앞에 도착해 있었다.

"반야, 조심해. 시시, 내 검을 챙겨 내려주겠어?"

외수가 마차를 내리는 반야의 손을 잡아주며 시시에게 바
닥의 검을 부탁했다.

높은 마차에서 조심스레 내린 반야를 객잔으로 이끄는 외
수.

한산한 객잔이었다. 객잔 안팎 어디에도 손님이라곤 없었
다.

차를 가져온 주인에게 음식을 주문한 후 시시가 탁자 한쪽에 내려놓은 외수의 검에 관심을 보였다.

"공자님, 검의 이름을 지었어요?"

"아니, 생각도 안 해봤는데."

"어머, 지어야죠. 영원히 공자님과 같이할 검인데 이름도 없다니."

"음, 뭐가 좋을까?"

외수가 눈을 들고 고민하는 척을 했다.

"사하공이 검을 줄 때 따로 한 말은 없어요?"

"음… 조심해 다루라고. 만 가지 병기 중에 최고라고 하더군. 한계가 없으니 나처럼… 재앙이 될 수도 있다고."

"그래요? 최고이고 한계가 없다. 그럼 무극검이라고 하면 되겠네요. 어때요? 일원무극검! 마침 공자님께서 얻어 익히고 있는 내공도 낭왕 대협의 일원무극공이니 잘 어울리잖아요. 글자 그대로 일원은 으뜸, 태초(太初)란 의미이고, 무극은 끝이 없단 뜻이니 절묘해요."

명석한 시시였다.

그러나 일자무식 외수는 반야를 보며 주저했다.

"그렇긴 해도 낭왕께서 창안한 신공의 이름을 함부로 다른 데다 갖다 붙이는 건……."

가만있던 반야가 반응했다.

"괜찮아요. 맘에 들면 붙여요. 비급과 내공을 주었는데 할아버지에겐 믿음이 있었겠죠. 저도 나쁘지 않은 것 같아요."

"그래? 그럼 좋아. 무극검. 맘에 들어. 쉽게 어울리는 이름을 찾은 것 같네."

외수도 기뻐했다. 특히 반야가 기분이 풀린 듯해 더 좋았다.

*　　*　　*

다시 마차는 달려 어둑해진 저녁 무렵 또 다른 객잔 앞에 멈추었다.

"수고하셨어요. 편히 쉬세요."

"네, 아가씨! 아침에 뵙겠습니다."

검을 안고 먼저 내린 시시가 마부석의 노인에게 인사를 하는 동안 외수는 반야를 아예 번쩍 들어 마차에서 내려주었다.

"고생했어. 그러게 뭐 하러 따라오겠다고 떼를 써?"

"흥!"

콧방귀를 뀐 반야가 제멋대로 돌아서 객잔으로 향했다. 하지만 입구와는 방향이 전혀 달랐다.

"어머, 반야 아가씨? 이쪽이에요."

외수의 검을 안은 시시가 웃음을 터트리며 얼른 달려가 반야의 손을 붙잡았다.

나란히 앞서 객잔으로 들어가는 두 여자.

외수는 주변을 유심히 돌아본 후 뒤따라 들어갔다.

"어서 오십시오. 묵어가실 거죠?"

"네. 식사부터 할게요."

바깥 풍경이 훤히 보이는 자리에 마주앉은 세 사람. 역시
손님도 없는 한적한 곳의 객잔이었다. 마차를 구했을 때 마부
에게 미리 가능한 이런 한적한 길로 가달라고 부탁을 했었기
때문이다.

"반야 아가씨, 피곤하죠? 차 드세요."

시시가 차를 따라 반야 앞으로 밀어놓았다.

찻잔을 더듬어 두 손으로 받쳐 들고 목을 축이는 반야.

외수도 목을 축이며 바깥 풍경에 눈을 주었다.

"조용한 곳이군. 길에 사람도 없고 풍경조차 한가로워."

멀리 새가 날아가며 우는 소리만이 간간이 들릴 뿐인 곳이
었다.

바깥을 응시하던 외수가 무슨 생각에선지 문득 반야와 시
시를 돌아보고 말했다.

"반야, 시시, 우리 모처럼 술 한잔할까?"

"어머? 갑자기 웬 술?"

시시가 함박웃음을 머금고 놀라워했다. 너무 갑작스럽고

엉뚱한 탓이다.

반야도 외수를 주목했다.

"그냥 마시고 싶군. 독한 걸로! 전에 너와 마신 술 이름이 뭐였지?"

"두강주(杜康酒)?"

"그래, 두강주! 그런 독한 걸로 마시고 싶군."

"어머, 점점? 왜요?"

"왜는? 그냥 마시고 싶다니까!"

"호호호, 그러시니까 마치 술꾼 같잖아요. 뜬금없어라. 호호호!"

재미있다는 듯 입을 가리고 마구 웃는 시시.

외수가 반야의 의견을 확인했다.

"반야, 어때? 넌 어린애라 아직 안 되나?"

"무슨 소리에요? 전에도 같이 마셨잖아요!"

"언제? 너 혼자 마구 들이붓던 기억밖에 없는데?"

일부러 약을 올리는 듯한 외수.

아니나 다를까 반야가 인상을 찌푸리고 식식거렸다.

"마셔요. 마시자구요. 나도 마시고 싶어요!"

"어머, 그럼 어쩔 수 없네요. 모두 동의했으니. 주인아저씨!"

"예, 손님!"

"여기 좋은 술 비치해 둔 것 있나요? 혹시 두강주 있어요?"

"죄송하지만 그건 없고, 산서의 서봉주(西鳳酒)를 준비해 두고 있습니다."

"좋아요. 그걸 내어주세요."

술을 주문하는 시시의 기분이 꽤나 좋아보였다.

"그런데 공자님, 정말 술을 마셔도 괜찮을까요? 공자님 몸 상태가……?"

"괜찮아!"

"그리고 일을 보러가는 중인데……?

"시시! 마실 거야 말 거야? 못 마시게 하고 싶어?"

"호호, 아니에요. 마셔요. 이런 곳에서 무슨 일이야 있겠어요? 호호호!"

주문한 술과 음식이 탁자 위에 차려졌을 땐 바깥이 제법 어두워진 후였다.

"이게 주향에 취해서 벌과 나비가 떨어진다는 그 술이야?"

"어머, 그것도 기억하시는군요. 역시!"

외수의 기억력에 시시가 감탄했다.

"어디 마셔볼까?"

쪼르르. 시시와 반야의 잔에 술을 채우는 외수. 그가 술을 마시자고 한 건 반야의 우울한 분위기를 바꿔주려는 의도가 숨어 있었다.

"뜻밖의 정취를 만났네요. 고요하고, 풀벌레 우는 소리가
정겨워요. 호호."

시시가 즐거워했다. 한데 반야는 반대(?)였다.

쪼옥쪼옥 몇 잔을 마시더니?

"나쁜 놈!"

게슴츠레 풀린 눈, 발그레 달아오른 뺨으로 내뱉은 첫마디
가 그거였다.

"뭐?"

"나쁜 놈, 넌 날 아프게 해! 나쁜 놈! 나쁜 놈!"

과연 독한 술인가 싶었다. 그녀는 취했다.

외수는 얼른 주변을 둘러보았다. 다행히 손님이라곤 없이
자기들뿐이었다.

외수는 시시를 보고 싱긋이 웃었다. 다 받아줄 테니 그녀를
놔두란 의미였다.

"야, 궁외수! 너 잘났냐? 잘났으면 얼마나 잘났냐. 죽을
래?"

허공에 삿대질까지 해가며 복수(?)를 단행하는 반야.

외수는 터져 나오려는 웃음을 절대 겉으로 드러나게 하지
않았다.

하지만.

"어쭈, 지금 너 웃었지? 비웃었어?"

기가 막힌 반야.

외수는 맞장구를 치기 시작했다.

"아니! 누가? 내가 언제? 안 웃었어!"

"웃었잖아, 이 시키야! 누굴 속이려고 그래? 이리와, 맞아야 돼! 이리와!"

벌떡 일어서 외수의 쥐어박으려 허우적대는 반야.

외수는 그녀가 넘어져 다칠까 봐 얼른 가까이 머리를 가져다 대주었다.

그런데 아예 자리를 벗어난 반야는 쥐어박는 것뿐만 아니라 아주 머리통을 끌어안고 고문을 시작했다.

"야야, 왜 이래?"

"에잇, 나쁜 놈! 죽어랏!"

쥐어박고 흔들고, 붙들고 매달린 채 머리통과 귀를 물어뜯으려고까지 하는 반야였다.

외수는 고문(?)을 받으면서도 그녀가 넘어지지 않게 조심스레 허리를 붙들고 있었는데, 죽겠다는 듯 비명까지 질러 보였다.

"아아, 아아아!"

"호호호, 그만하세요. 이제 많이 반성했을 거예요."

시시가 반야를 억지로 떼어 외수 옆자리에 앉혀주었다.

머리가 헝클어진 것은 물론 엉망이 된 외수.

"이게 뭐야? 침까지?"

외수가 뽑힌 머리칼과 침을 확인하고 울상을 하자 반야의 기세는 더 등등해졌다.

"너, 까불지 마. 죽는 수가 있어!"

"안 죽으려면 어떡해야 되는데?"

"어떡하긴. 안아주고 업어주고, 또 매일매일 뽀뽀도 해주고 예뻐해 줘야지!"

"뭐?"

"어머! 호호호, 호호호호!"

뽀뽀도 해줘야 한다는 말에 자지러지는 시시.

"그래그래, 알았어. 매일매일 안아주고 업어주고 뽀뽀도 해줄게. 됐지?"

"되긴 뭐가 돼. 그것뿐 아니라 다른 것도 많아!"

"다른 거 뭐?"

"다른 건, 음… 그건 생각해 보고 내일 말할 거야!"

"맘대로 해!"

"내 술 줘!"

반야가 손을 뻗자 외수가 반대편 그녀 자리에 있던 술잔을 집어 쥐어주었다.

그러자 반야는 또 단숨에 비워 버렸다.

"캬, 좋다! 한 잔 더!"

"그래. 그런데 이게 마지막 잔이야. 술 다 떨어졌어!"

"알았어. 술이나 부어!"

혼자 떠들고 웃고 허우적대는 그녀. 결국 또 한 잔의 술에 쓰러지고 말았다.

"훗!"

외수가 어깨에 기대어 정신을 잃은 반야를 보며 실소를 흘리자 시시도 따라 웃음을 머금었다.

"대단하시네, 반야 아가씨!"

"후후, 누구랑 닮았네."

"네?"

"잊었어? 술 먹고 등에 매달려 마구 비벼댔던 게 누구였더라?"

"……."

얼굴이 빨개진 시시. 대륙천가에서 외수에 등에 업혀 내리지 않겠다고 떼를 썼던 기억 때문이었다.

"후후, 잘됐어. 이 녀석 이렇게라도 풀어야 돼. 부탁해, 시시!"

"네, 알겠어요."

잘 챙겨주란 뜻이었고 시시는 바로 알아들었다.

*　　　*　　　*

자정이 막 넘어가는 시간. 달빛도 없는 칠흑 같은 밤이었다.

사위가 고요했다. 풀벌레 우는 소리마저 그친 밤. 객잔과 마당을 사이에 두고 뒤쪽 따로 있는 별채 객실이라 더 고요한 듯했다.

외수는 잠들지 않았다. 저녁 식사 후, 반야를 술로 보내 버리고 지금까지 무극신공 수련에 매달려 있었다.

근래 들어 야간 수련 시간이 길어진 외수였다. 수련을 하면 할수록 굳이 잠을 자지 않아도 피곤하지 않았던 덕분이었다.

외수는 최근 몸에 일어나는 변화를 느끼고 있었다. 부상 때문에 아직 검을 휘둘러보지 않았으나 가장 먼저 여러 감각이 달라져 있었다.

피부에 와 닿는 감각. 소리에 예민해졌고 공기의 흐름조차 잡아낼 수 있을 것 같았다.

"이런 거였군. 내공을 가진다는 것이."

객실 바닥에 앉은 상태에서 잠시 눈을 뜬 외수는 낭왕의 무극신공이 얼마나 대단한지 실감하고 있었다. 일 주천을 할 때마다 폭발적인 힘이 온몸에 휘감았다.

"흠!"

침대에 걸쳐 놓은 검을 슬쩍 쳐다본 외수는 고개를 저었다. 검을 휘둘러보고 싶은 욕망을 참는 것인데, 부상 때문이기도 하지만 검의 모용도 온전히 사용할 줄 모르는 상태에서 휘둘렀다가 객실 전체를 엉망으로 만들어 버릴 것 같아서였다.

외수는 시시와 반야가 묵는 옆 객실 쪽에 귀를 기울였다.

"조용한 걸 보니 잘들 자는 모양이군."

외수는 검을 들고 침대로 올라갔다. 그리곤 벽 쪽으로 붙어 앉아 다시 가부좌를 하고 눈을 감았다. 이대로 밤새 수련을 이어갈 작정이었다.

흐르는 시간.

그런데 어느 순간 외수가 번쩍 눈을 떴다. 예민해진 감각에 외부의 움직임이 잡힌 탓이었다.

'뭐지?'

집중하는 외수.

한두 사람이 아니었다. 누군가 아주 은밀하고 조심스럽게 접근하고 있었다.

지붕을 타는 자. 그리고 멀리서 좁혀오는 움직임들.

외수는 즉시 일어나 옆방으로 향했다.

신속하면서도 소리 나지 않게 옆방으로 이동한 외수.

"시시! 반야!"

낮은 목소리로 두 여자를 부르며 들어갔지만 텅 빈 방이었다. 아무도 없었다.

"……?"

마음이 급해진 외수는 뒷문으로 보이는 쪽문을 열고 튀어나갔다. 납치라도 당한 게 아닐까 싶어 서둘렀다.

한데?

눈앞에 나타난 두 개의 여체(女體).

"엉?"

실오라기 하나 걸치지 않은 두 개의 나신(裸身)이 눈앞에 있었다.

"시시? 반야?"

외수는 머리에 벼락을 맞은 것처럼 멍했다.

"왜……?"

시시와 반야의 나신으로 인한 충격 때문에 외수는 자신이 열고 들어간 문이 뒤로 나가는 쪽문이 아니라 객실 뒤에 이어 만든 욕실의 문이란 걸 깨닫기까지는 적잖은 시간이 걸렸다.

전체를 싸릿대 나무와 짚으로 엮어 만든 욕실.

나무로 짠 원통 모양 커다란 물통과 욕조를 사이에 두고 나란히 몸을 씻고 있던 두 여자. 그녀들이 받은 충격도 상당했다.

휘둥그런 눈으로 마주선 채 굳어버린 그녀들이었다.

"반야… 시시……!"

"고… 공자님?"

서로가 이 상황을 어떻게 탈피해야 될지 머뭇댔다.

결국 시시가 들고 있던 물바가지를 떨어뜨리고 본능적으로 몸을 가릴 옷을 찾아 정신없이 허둥거렸다.

한데 반야는 두 손으로 바가지를 모아 든 채 멍한 상태를 벗어나지 못했다.

"미, 미안. 욕실인지 몰랐어."

외수의 목소리에 반야도 뒤늦게 움직이기 시작했다.

하지만 그녀의 움직임이 시시와 같을 수 없었다. 주저앉아 엉금엉금 한쪽으로 기어가는 그녀. 거기까지가 그녀가 정신을 유지할 수 있는 한계였다.

"……?"

결국 이 상황을 견디지 못하고 실신해 바닥에 쓰러져 버리는 반야.

"반야?"

놀란 외수가 그녀를 부축하려 달려들었다.

하지만 손을 댈 수 없었다. 어떻게 벌거벗은 여자의 몸을 손댈 수 있을까.

이러지도 저러지도 못하는 외수는 옆에서 시시가 허겁지겁 옷을 걸치는 것을 보곤 급한 마음에 그 옷을 빼앗듯이 낚아챘다. 엎어진 반야를 우선 가려야 한다는 생각뿐이었던 탓이다.

하지만 옷을 빼앗긴 시시는?

"악!"

외마디 비명과 함께 시시는 주저앉아 버렸다. 느닷없이 욕실에 치고 들어온 것도 모자라 입으려던 옷까지 빼앗는 외수라니.

이 생각지 못한 사태에 시시는 터질 것 같은 심장을 가눌수가 없었다.

"이런?"

외수는 외수대로 정신이 없었다. 자기 때문에 시시가 다시알몸이 되어버렸다는 걸 알고 일단 빼앗은 옷으로 반야의 몸을 대충 덮은 다음 부랴부랴 다른 옷을 챙겨 시시를 가렸다.

"시시, 미안해! 어서 옷을 입어!"

그제야 시시가 고함을 터트렸다.

"무슨 짓이에요? 당장 나가세요!"

"안 돼, 시시! 알 수 없는 자들이 여길 포위하고 있어. 어서옷부터 입어!!"

"……?"

"반야, 반야! 정신 차려!"

외수는 반야를 안고 덮은 옷을 여며주며 깨어나게 하려 애를 썼다.

"으음!"

다행히 깨어나려는 기미를 보이는 반야.

그런데 그때, 지붕 한쪽이 꺼지며 시커먼 인영(人影) 하나가 욕실로 떨어져 내렸다.

우직!

짚단과 싸릿대 등으로 엮은 지붕이라 누군가 침입하고자 한다면 너무도 쉬운 구조.

"누구냐?"

한 손으로 반야를 껴안고 일어난 외수는 시시를 뒤로 두고 침입한 자를 향해 검을 뽑았다.

그런데 떨어져 내린 자가 쓰러진 채 버둥대고 있었다.

작은 체구. 칠십 정도 된 노인이 여기저기 피까지 흘리고 있었다.

"엉?"

외수가 상황을 파악할 틈도 없이 반대편 지붕이 꺼져 내렸다.

이번엔 달랐다. 떨어진 게 아니라 날아 내리는 인영들.

양쪽 벽을 뚫고 들어온 인원까지 모두 다섯 명. 그런데 모두 여인들이었다. 한결같이 늘씬한 키에 가늘고 긴 검을 든 젊은 여인들.

"뭐야, 이건?"

외수는 어리둥절했다. 자신을 노리고 온 자들이 아닌 것 같긴 했다.

여인들도 당황하는 눈치였다. 벌거벗은 두 여자와 함께 검을 뽑아 들고 있는 외수가 황당하기도 했을 것이었다.

"뭐하는 놈이지?"

"내가 묻고 싶은 말이군. 너희들 뭐야?"

자기들끼리 쳐다보며 상황을 이해해 보려는 여인들.

"우린 저 도둑을 쫓아……?"

한 여인이 쓰러진 노인을 가리키려 검을 뻗었다. 그런데?

"엉?"

떨어져 피를 흘리고 있던 노인이 없었다. 감쪽같이 사라진 노인.

외수도 놀랐다.

"쫓아!"

휙휙! 휙!

말이 떨어지기 무섭게 제비 같은 신법으로 순식간에 눈앞에서 사라지는 여인들.

외수는 황당했다. 그 짧은 사이에 무슨 일이 일어난 건지 머릿속이 정리가 되지 않았다. 노인은 어느 틈에 사라졌고 여인들은 또 뭔지.

"도둑이라고?"

마치 모든 것이 꿈을 꾼 것 같은 상황이라 외수가 뻥 뚫린 지붕을 쳐다보고 있을 때 반야가 정신을 차리며 깨어났다.

"으음……."

"반, 반야?"

외수의 목소리에 반야가 자신의 몸을 더듬었다. 꿈인지 생시인지 확인하는 모양이었다.

"아, 아아……."

외수는 얼른 반야를 품에서 떼어냈다.

"미, 미안!"

그 말밖에 할 수 없었다. 외수는 도망치듯 욕실을 나왔다.

멍하니 선 반야. 그리고 주저앉은 시시. 보지 않아도 그녀들의 상태가 훤히 보였다.

시시와 반야의 객실을 통해 다시 자기 방까지 한달음에 달려온 외수는 문에 기대어 서서 자기 머리를 쥐어박았다.

"이런 멍청이! 도대체 무슨 짓을 한 거야?"

외수는 살짝 문을 열어 바깥을 살핀 후 아예 문을 완전히 닫아걸어 버렸다.

시시와 반야가 곧 쳐들어올 것 같아서였다.

"하필이면 그때 목욕을 하고 있었다니."

술을 먹고 자는 바람에 둘 다 이 오밤중에 깨어나 같이 씻은 모양이었다.

외수는 바깥 동정에 귀를 기울이다가 침대에 벌렁 누웠다.

쿵닥쿵닥 진정이 되지 않는 심장.

외수는 누운 채 슬그머니 웃음을 지었다. 달리 생각하면 웃음이 나는 상황이기도 했기 때문이다.

"크크큭, 히힛!"

나중에 맞아죽는 일이 발생하더라도 당장은 머릿속 생생한 그림 때문에 혼자 웃음을 참지 못하는 외수였다.

다행히 두 여자는 달려오지 않았다. 하지만 외수는 뜻밖에 얻은 횡재(?)로 얻은 혼자만의 즐거운 상상(?) 때문에 밤새 한숨도 자지 못했다.

*　　　*　　　*

"험험!"

일부러 느지막이 별채를 나온 외수는 식사를 위해 먼저 객잔에 나와 있는 시시와 반야를 확인하고 쭈뼛쭈뼛 딴청을 부리며 안으로 들어섰다.

반야와 딱 붙어 앉아 노려보는 시시.

"아, 먼저 나왔네. 둘 다 잘 잤어?"

외수가 손까지 들어 보이며 어색한 인사를 했다.

"공자님!"

째려보는 도끼눈만큼이나 냉랭한 음성.

"응?"

"안 앉아요?"

"응?"

외수는 자기도 모르게 계속 서 있었다는 걸 깨닫고 허둥지둥 자리에 앉았다.

"아, 앉아야지!"

"……."

"시, 식사는 주문했어?"

마주보지도 못하고 엉뚱한 데로만 계속 시선을 돌리는 외수. 손가락은 괜한 탁자 바닥만 긁어대고 있었다.

"공자님!"

"응?"

"밤새 머릿속에 상상했죠?"

"헉! 아, 아냐! 무슨 소리야? 내가 그 정도 인간으로밖에 안 보여?"

깜짝 놀란 외수가 두 손을 미친 듯이 내저었다.

그럼에도 시시는 팔짱까지 단단히 끼고 도끼눈을 흩트리지 않았다.

"그런데 왜 눈 밑이 까맣죠?"

"누, 눈 밑?"

"잠 안 자고 뭐 했어요? 설마 수련 따윌 했다는 거짓말은 안 하겠죠? 수련을 했다면 눈 밑이 거무튀튀할 리가 없으니까."

"읍!"

외수는 막 꺼내놓으려던 거짓말을 다시 목구멍으로 집어넣었다.

"그, 그게……?"

"좋았어요?"

"으헉?"

눈이 뒤집히는 외수.

"좋았겠죠. 당연히! 그 좋은 걸 봤는데 어찌 좋지 않았겠어요."

"시, 시시?"

무서웠다. 두 여자가 앞에 놓인 젓가락을 집어 들고 양쪽에서 달려들어 자신의 뇌에 꽂아 마구 파헤쳐 버릴 것 같았다.

"용서해 줘! 잘못했어!"

"혹시 우연을 가장한 의도된 만행 아닌가요?"

"만행? 아냐! 그럴 리가! 어제 봤잖아! 욕실에 뛰어든 여자들!"

"그러니까! 전혀 상관없는 그들을 핑계로 불쑥 뛰어들어 혼자 신나게 즐거운 감상을 한 게 아니냐고요. 상습범이잖아요, 공자님은!"

"사, 상습?"

"아니라고 말할 거예요? 처음 만났을 때도… 음!"

시시가 차마 말을 못 하고 입술을 깨물었다.

"아냐, 아냐! 정말 우연이고 사고야! 억울해! 반야, 믿어줘!
정말이야. 사고였어!"

외수는 반야에게도 애원하듯 결백을 주장했다. 하지만 부
끄러움을 숨기려 애써 고개를 돌리고 있는 반야는 어떤 반응
도 해주지 않았다.

"오래 남겠네요. 두 여자를 한꺼번에 보고 더듬기까지 했
으니."

"아아, 시시 제발! 어제 기억은 벌써 지웠어. 정말이야. 걱
정 마. 사실 어젯밤 그 기억 지우려고 일부러 딴짓하며 밤새
우느라 눈 밑이 까만 거야. 이젠 희미해졌고 진짜 기억에 없
어. 믿어줘!"

"흥! 그렇게 볼품없었어요?"

"아니! 그럴 리가! 아름다웠어! 무척! …으응? 헙?"

스스로 입을 틀어막는 외수. 시시의 얼굴이 붉으락푸르락
폭발 직전이었다.

"으아아! 잘못했어, 시시! 용서해 줘, 정말 순전히 우연이고
실수였어!"

외수는 탁자에 머리를 박고 두 손을 머리 위로 쳐들어 싹싹 빌었다.

하지만 시시의 화는 가라앉지 않았다. 오히려 씩씩대는 그녀의 콧김이 머리털을 다 태워 버릴 것만 같았다.

외수는 어쩔 수 없이 반야를 택했다. 벌떡 일어난 외수는 아예 반야 앞으로 가서 무릎 앞에 주저앉아 덥석 두 손을 움켜잡고 사정을 했다.

"반야, 나 믿지? 말해봐. 실수였다고. 응, 반야? 말 좀 해 줘."

"저리 가세요."

반야는 몸을 배배 꼬며 잡힌 두 손을 빼내려고만 했다. 이미 어젯밤 기억 때문에 지금도 온몸이 불덩이 같은 그녀였다. 너무도 창피하고 부끄러워 외수를 마주할 용기가 남아 있지 않은 그녀였다.

그런 그녀에게 외수는 더욱 매달렸다.

"반야, 제발! 내 진심을 믿어줘! 너까지 이러면 난 어떡해?"

"알았어요. 믿어줄게요. 제발 이 손 좀 놔요."

"정말이지? 시시, 들었지? 믿는다고 하잖아!"

"흥!"

홱 고개를 돌려 버리는 시시.

"고마워, 반야! 진짜 어제 본 건 다 잊을게. 신경 쓰지 마!

하하하, 하하!"

그제야 외수는 반야의 손을 놓고 자리로 돌아왔다.

"주인장, 여기 최대한 맛난 아침 식사를 부탁하오!"

다시 능청스럽게 뻔뻔해진 외수였지만 시시와 반야는 그
렇지 못했다.

식사가 나와 차려지는 동안에도 시시는 연신 도끼눈을 번
뜩대며 콧김을 뿜어댔고, 반야는 푹 고개를 처박은 채 손가락
만 꼼지락거렸다.

'죽겠군. 이 분위기를 어떻게 바꾼다? 한참 동안 이럴 텐데
어쩌지?'

외수의 새로운 고민이 시작되고 있었다.

第八章

얽히는 인연

실망했으면 어쩌지?

—반야가 자신의 알몸을 더듬어 보며

"공자님?"

"으응, 왜?"

모처럼 들린 시시의 목소리에 외수가 화들짝 놀란 사람처럼 대답했다.

마차를 타고 이동하는 동안 반나절이 지나도록 반야와 함께 외면하고 있던 그녀였기 때문이다.

"누구였을까요? 어젯밤 그… 굉장히 살벌한 여인들 같았는데."

"음, 글쎄? 알 수 없지. 어딘지 낯설고 신비해 보이는 여인들이더군. 행색이나 생김새가 다른 세상 사람들 같았어. 그런데 난 그녀들보다 그 도둑이란 노인이 더 궁금해. 어떻게 그렇게 빨리 사라진 것인지… 바로 눈앞에서 말이야."

"정말 도둑이긴 했을까요?"

"아마 그랬겠지. 거짓말할 이유가 없잖아."

"……."

"그런데 말이야. 느낌이 이상해!"

"뭐가요?"

"난 그녀들을 다시 만날 것 같단 생각이 들어!"

"어째서요?"

"음, 이유는 모르겠는데 그냥 그래."

"흥! 예뻐서 끌리나 보죠. 늘씬한 데다 이국적인 미인들. 좋으시겠어요."

"어이, 또 왜 이래?"

"됐어요. 고개나 돌리세요. 계속 쳐다보지 말고."

"왜?"

"보면서 상상하고 있는지 어떻게 알아요. 흥!"

"나 참!"

어쩔 수 없이 외수는 고개를 창밖으로 돌렸다.

하지만 그의 예감은 정확히 들어맞았다. 그날 오후 휴식을 위해 들른 객잔에서 그녀들을 다시 마주친 것이다.

"어라? 진짜 그 여인들이네?"

외수는 식후 차를 마시다 바깥에 말을 매어놓고 실내로 들어서는 여인들을 보곤 삐쭉 고개를 쳐들었다.

어깨까지 다 덮어버리는 희고 투명한 면사모를 휘날리며 들어서는 여인들.

다시 보니 굉장했다. 크고 늘씬한 키에 휘날리는 옷자락, 등에 멘 가늘고 긴 장검. 화려한 차림은 아니었으나 특색이 있는, 누가 봐도 대단히 눈에 띄는 여인들이었다.

"어머, 정말?"

반야와 같이 돌아본 시시도 눈망울을 키웠다.

"정말 딴 세상 사람들 같네."

하얀 옷에 눈처럼 하얀 피부. 객잔 안 모든 이들이 그녀들을 보고 있었다.

그런데 지나쳐 가던 그들이 외수를 알아보고 우뚝 걸음을 멈췄다.

"너……?"

시시와 반야까지 확인하는 여인들.

"어젯밤 그 녀석이 틀림없군."

갑자기 살벌한 기운들이 쏟아졌다. 마치 한겨울 찬바람이 이는 것처럼 외수를 휘감았다.

외수가 의자에 등을 기대며 능청을 떨었다.

"여어, 어젯밤의 불청객들 아니신가. 쫓던 도둑은 잡으셨나?"

카랑!

한 여인의 허리춤에서 날카로운 쇳소리가 일더니 외수의 목 앞에 소검이 겨누어졌다.

아니, 소검이라기 보단 날이 한쪽으로 선 제법 길고 가느다란 칼이었다.

그러고 보니 그녀들이 등에 두른 것도 검이 아니라 자객도 처럼 휘고 긴 칼이었다.

"무슨 짓이지?"

눈도 꿈쩍 않고 올려다보는 외수. 목에 대어진 칼날이 내뿜는 차디찬 기운만큼이나 서늘한 눈빛이었다.

"네놈, 그놈과 무슨 관계냐?"

"관계라니? 후훗, 놓친 모양이군. 이것부터 치워!"

자세는 느긋했지만 목소리는 살기가 엃혔다.

시시가 벌떡 일어났다.

"무슨 짓이죠? 어젯밤 실례한 것도 당신들이고, 느닷없이 지붕에서 떨어진 노인도 당신들 때문인 것 같던데 이게 무슨 경우예요. 당장 치우지 못해요?"

칼을 겨눈 여인이 힐끔 시시를 보곤 다시 외수를 압박했다.

"모르는 사람이란 말이냐?"

"그럼! 당신들도, 당신들이 도둑이라고 말한 그 노인도 처음인걸."

"……"

목에 칼이 겨누어진 상태에서도 여유 만만한 외수.

여인들이 망설이는 듯했다.

"혹시 아는 자라면 말해라. 우리는 그자를 꼭 잡아야 한다. 만약 아는 자인데도 모른 척 숨기는 것이라면 반드시 넌 죽는다."

"후, 무섭군. 웬만하면 치우고 말하지. 난 누가 내 목에 이런 걸 겨누면 못 참는데."

여인이 천천히 칼을 거두었다.

"정말 도둑이었어?"

"그렇다."

"뭘 훔쳤는데?"

"그건… 알 필요 없다."

"흠, 미안하지만 모르는 사람이야."

여인들이 진심인지 거짓인지 확인하려는 듯 매섭게 노려보았다.

그러다 잘못 짚었다 판단한 모양인지 다들 찬바람을 남기고 쌩 돌아섰다.

"어이, 그냥 가면 어떡해?"

외수의 말에 다시 우뚝 멈춰 서는 여인들.

"당신들 때문에 곤란한 상황을 겪은 거 봤잖아. 거기다 오늘은 목에 칼까지 겨눠놓고 그냥 가?"

"……?"

"사과는 하고 가야지. 난 참아줄 수 있지만 어젯밤 그 부끄러운 상황을 노출해 버린 이들에겐 미안해해야 하는 거 아냐?"

여인들이 시시와 반야에게 눈을 주었다. 그리고 한 여인이 주저하다 어색하게 말했다.

"미안하군. 고의가 아니었으니 이해하길 바란다."

싹싹하게 사과를 한 여인들은 그대로 돌아서서 빈자리 하나를 차지하고 앉았다.

몹시 급하고 서두르는 모습. 들어올 때도 그랬고 음식을 주문하는 모습도 그랬다.

"공자님, 뭔가 굉장히 걸 잃어버린 것 같죠? 굉장히 날이 서 있고 조급해요."

시시가 귀엣말처럼 소곤거렸다.

"그런 것 같군. 아마 그 노인 잡히면 뼈도 못 추릴 것 같은 분위기야."

"공자님, 우린 그만 가요. 말씀대로 자꾸 엮이게 될까 봐

불안해요."

시시가 행낭을 챙기며 서둘렀다.

"반야 아가씨, 일어나세요. 가요."

"그것참 신경 쓰이네. 뭔가 작지 않은 사건 같지?"

"그러니까요. 어서 일어나세요. 다시 마주치지 않게 아예
먼저 멀리 가버리자고요."

여인들을 힐끔거리는 외수의 팔을 잡아 억지로 일으켜 끄
는 시시였다.

하는 수 없이 외수와 반야는 시시의 완력(?)에 못 이기는 척
끌려 나와야 했다.

       *   *   *

"뭐야, 시시?"

눈알을 부라리는 외수. 시시가 서두른 덕에 졸지에 노숙을
하게 되었기 때문이다.

빨리 달려온 건 좋았는데 첩첩산중에서 날이 져 버린 것이
다.

"그런 눈으로 보지 말아요. 하룻밤 정도는 이런 산속에서
자는 것도 좋잖아요."

당당한 시시.

많이 뻔뻔해진 그녀였다.

"먹을 것도 없잖아!"

"그, 그건 공자님이 해결해야죠."

"뭐?"

"아무거나 마음에 드는 걸로 잡아오세요. 저는 잔가지를 모아 불을 피워놓을게요. 히히!"

"이렇게 어두워지는데 산짐승을 어떻게 잡아?"

"그러니까 서둘러야죠. 반야 아가씰 굶기고 싶지 않음 알아서 하세요."

"와, 시시!"

외수가 기가 막힌단 듯 혀를 내둘렀다. 하지만 정말 서둘러야 했다. 밤새 쫄쫄 굶지 않으려면.

외수는 불만 어린 얼굴을 했지만 지체하지 않고 숲으로 뛰어 들어갔다.

"아가씨, 놔두세요. 제가 나무를 모으겠습니다."

마부 노인이 나서자 시시는 그에게 나뭇가지 줍는 일을 맡기고 반야를 챙겼다.

"아가씨, 이쪽으로 오세요. 죄송해요. 저 때문에……."

"호호, 아니에요. 정말 산뜻하고 좋은걸요, 뭐."

잠시 후 숲에서 나온 외수가 들고 온 건 뜻밖에도 굉장히 큰 멧돼지였다.

꿩이나 토끼 정도를 기대했던 시시는 눈이 휘둥그레졌다. 정말 산만 하다고 해야 할 만큼 큰 멧돼지.

사람 덩치의 서너 배는 될 듯한데 그런 어마어마한 멧돼지를 외수는 전혀 힘들지 않는 모습으로 끌고 오고 있었다.

"이거밖에 없었어!"

털썩!

외수가 멧돼지를 내려놓자 불씨를 만들고 있던 마부가 감탄을 쏟았다.

"세상에, 이 큰 걸 어떻게 잡으셨대요? 칼을 쓴 흔적도 없는데. 설마 주먹으로?"

멧돼지를 살피던 마부가 머리통이 깨진 걸 보고 놀라워했다.

"아니오. 돌로 쳐서 잡았소. 손질 좀 해주시오."

"알겠습니다, 공자!"

마부가 칼을 꺼내와 먹기 좋은 부위를 잘라내기 시작했다.

그러는 사이 외수는 나무를 더 주워왔고 계곡으로 가 물까지 떠왔다.

완전히 어둠이 내린 산속. 지글지글 맛난 향기를 풍기며 고기를 익히는 모닥불의 불빛만이 주변을 밝히며 일렁였다.

꼬르륵.

반야가 뱃속에서 난 소리 때문에 배를 쥐고 쑥스러워했다.

"후후, 오랜만이군."

외수가 반야와 처음 산속에서 잤던 때를 떠올리곤 빙긋이 웃었다. 뱀을 호랑이 심줄이라 속이고 먹였던 기억.

"아가씨, 드십시오."

고기를 구운 마부가 몇 점을 가져오자 외수가 받아 반야의 손에 쥐어주었다.

"잘 익었군."

뼈에 붙은 두툼한 고깃살. 양이 많아 하나만 뜯어먹어도 충분히 배가 부를 듯했다.

"맛있어?"

외수가 묻자 반야는 샐쭉이 돌아앉아 고개를 끄덕였다. 욕실 사건 이후 외수 목소리만 들려도 여전히 부끄러워하는 그녀였다.

외수와 시시도 멧돼지 고기를 먹기 시작했다.

"얼마나 남았지?"

"내일 오후쯤에 도착할 거예요. 곧 황하(黃河)가 펼쳐질 거고 따라 올라가다 보면 구룡협이에요."

"흠, 여기까진 문제없이 오긴 왔는데… 내일 그녈 꼭 만날 수 있었으면 좋겠군."

"그쪽에 변동 사항이 없으면 만나게 되지 않을까요? 문주로서 한 약속을 어길 분 같지 않았는데."

"그래, 그랬지."

"더 드세요. 반야 아가씨도."

칠흑 같은 밤. 달빛도 없는 어두운 하늘에 모닥불 빛을 타고 흰 연기만 길게 올라가고 있었다.

긴 밤. 달리 할 것도 없는 밤. 문득 반야가 귀를 쫑긋 기울였다.

"응?"

"왜 그래?"

"누가 와요."

아니나 다를까, 어김없이 어둠 속 누군가 나타났다.

작은 체구. 꽤 오랫동안 바쁘게 달려온 듯 가쁜 숨을 몰아쉬는 노인.

"실례하오."

불빛 속에 나타난 노인을 보고 외수가 눈초리를 지그시 내리눌렀다.

"먹을 것 좀 얻어먹을 수 있겠소? 먼 길을 오느라 속이 비어 그러는데 사례는 하리다."

모닥불 앞에 앉아 고기를 굽는 마부에게 한 말이었다.

마부가 외수를 보았다.

잠시 노인을 보고 있다 고개를 끄덕이는 외수.

"고맙구려."

노인이 모닥불 옆에 주저앉아 마부가 건네는 고기를 받아 허겁지겁 뜯어먹기 시작했다.

외수는 단박에 그를 알아보았다. 어젯밤 다섯 여인에게 쫓겨 욕실에 떨어졌던 사람.

시시와 반야는 알아보지 못했다. 둘 다 경황이 없었던지라 그를 정확히 보지 못한 탓이었다.

"용케 안 잡히고 있구려."

외수의 말에 노인이 움찔했다.

"나, 나를 아는가?"

고깃점을 문 채 돌아보는 노인.

끄덕.

"어젯밤 쫓기다가 사라지지 않았소."

"어머, 지붕에서 떨어졌던 그분인가요?"

놀라는 시시.

노인이 그제야 외수와 시시, 반야를 유심히 쳐다보았다.

"그랬는가. 어젯밤 거기 있던 사람들인가?"

"그렇소. 오늘 낮에도 영감을 쫓는 여인들을 봤는데, 왜 쫓기는 거요?"

"후후, 글쎄?"

바쁘게 달려온 행동과 달리 말투엔 여유가 묻어났다.

우적우적.

외수를 외면하고 다시 먹는 것에 열중하는 노인.

외수는 그가 허기를 해결하도록 잠시 내버려 둔 채 그를 살폈다.

특별할 것도 없는 남루한 행색. 도검 따위 무기도 지니지 않았고 행낭 같은 것도 메고 있지 않았다.

다친 곳은 어디선가 치료를 했는지 괜찮아 보였다.

"그녀들 말론 무언가를 훔쳤다고 하던데 정말 도둑이오?"

끄덕.

외수가 다시 던진 물음에 노인이 조금의 망설임도 없이 고개를 끄덕였다.

"뭘 훔쳤소?"

"세상에서 가장 특별하고 특이한 보물!"

"그게 뭐요?"

노인이 돌아보고 싱긋이 웃었다.

"후후, 궁금해도 참게. 알아봤자 좋을 게 없거든. 괜히 자네에게도 불똥이 튈 수 있어!"

"그런 물건이라면 돌려주면 되잖소. 이렇게 쫓길 필요 없이 말이오. 보통 여자들이 아니던데, 지옥 끝까지라도 쫓을 기세였소."

"후훗, 맞아! 그랬으면 좋겠지만 안타깝게도 지금 내 수중에 없네."

"어떡했소?"

"다른 사람 줬는데 오래전에 이미 사라졌지. 공중분해 되었다고나 할까. 하하하!"

알쏭달쏭 이해되지 않는 말만 해놓고 웃어젖히는 노인.

"태연하구려."

"그럼 어쩌겠나. 이러지도 저러지도 못하니 현실을 받아들일 수밖에."

"그녀들은 누구요? 중원 사람들 같지 않던데."

"맞네. 아주 멀리서 왔지. 아주 먼 데서 온 손님들이야."

"손님? 미안한 모양이구려. 그리 표현하는 걸 보니."

"왜 아니겠나. 나 때문에 귀중한 걸 잃었는데."

"……"

외수는 노인이 진심으로 미안해하고 있다는 걸 표정으로 읽을 수 있었다.

"끄억! 이제 가야겠군."

충분히 먹었는지 트림까지 한 노인이 일어섰다.

"잘 먹었네. 혹시 자네 날 본 걸 말할 참인가?"

"생각 중이오."

"후후, 솔직하군. 맞아. 그러는 게 좋을 거야. 나중에 거짓말한 걸 알게 되면 더 큰 피해를 입을 테니까. 혹 그녀들과 다시 마주쳐 물어오거든 그냥 날 봤다고 말하게."

"잡히지 않을 자신이 있다는 것 같구려."

"흐훗, 아마도!"

휙!

노인이 땅을 구르자 이내 불빛 속에서 사라져 어둠 속을 날아갔다.

물끄러미 그가 사라져 간 방향을 보고 있는 외수. 표정이 자못 심각했다.

그때 시시가 볼을 힌껏 부풀리고 투덜댔다.

"아 정말 이상해, 이상해! 우리 일도 바쁜데 왜 자꾸 부딪치지? 마치 저 사람들 술래잡기에 우리가 빨려 들어가고 있는 것 같아요!"

*   *   *

"다 온 것 같아요, 공자님!"

"그래?"

오후 늦게 도착한 구룡협이었다.

황하라는 거대한 강을 따라 올라온 길. 대협곡(大峽谷)의 절경이 이어지는 곳이었다.

천둥이 치는 것 같은 굉음을 내며 굽이쳐 흐르는 강줄기.

하늘 높은 줄 모르고 솟은 기이한 형태의 암벽 봉우리들.

천천히 움직이는 마차 밖으로 목을 내민 시시는 귀살문주 곽영지가 말한 묘림(墓林)을 찾아 여기저기 눈을 떼지 않고 주변을 두리번거렸다.

"아, 저기!"

마차가 섰다. 광대한 협곡들이 굽이굽이 돌아간 곳. 거대한 돌을 깎아 만든 비석들이 셀 수도 없이 있는 것이 보였다.

"저긴가 봐요. 묘림 입구!"

마차에서 반야를 데리고 내린 외수가 시시가 가리킨 곳을 보고 고개를 끄덕였다. 한쪽엔 대나무 숲이, 또 다른 한쪽엔 무성한 소나무 숲이 사람 키보다 두 배는 큰 거대한 비석들을 보호하듯 에워싸고 있었다.

"됐어요. 할아버진 이제 마을로 내려가 객관에서 기다리세요."

"알겠습니다, 아가씨!"

시시가 마부와 마차를 내려 보냈다. 여기서 곽영지가 시킨 대로 그녀의 패찰을 가져다놓고 나타날 때까지 기다려야 하기 때문이다.

"음, 스물여덟 번째 비석이라고 했지?"

"네. 가세요, 공자님!"

시시가 앞장서 걷고 외수가 반야를 데리고 걸었다.

"굉장히 많군. 이게 다 무슨 비석들이지? 이런 곳에 이렇게 많은 비석들이 있다니, 신기하군."

"오랜 과거에 만들어진 것들이라 이젠 주인이 없을 거예요. 보세요. 무덤은 없고 비석들만 남았잖아요."

정말 그랬다. 손이 닿지 않아 무성한 풀들. 깨지고 넘어져 뒹구는 비석들도 여기저기 보였다.

"이게 첫 번째 비석인가 봐요. 근데 쓰러졌네요."

돌이끼와 타고 오른 풀들 때문에 새겨진 글자조차 알아볼 수 없는 비석. 그냥 쓰러진 돌덩이와 다를 바 없었다.

"가 보자고."

외수는 차례대로 세워진 비석을 보며 능선을 따라 걸었다.

"둘, 셋, 넷… 스물다섯, 스물여섯……."

비석을 하나하나 세며 걷던 시시가 능선을 넘어섰을 즈음 스물여덟 번째 비석을 발견하곤 환호부터 내질렀다.

"저기예요! 와아… 엉?"

좋아하다 갑자기 고개를 갸웃대는 시시.

스물여덟 번째 비석이 지금까지의 비석들과는 달랐기 때문이다.

낮은 울타리가 쳐져 있고 비석이 크지도 않았으며 여러 개가 군집해 있는 형태의 묘소였다.

"저기 맞겠죠?"

의심을 보이는 시시.

외수가 앞서서 묘소로 들어갔다. 그리고 이곳저곳 분산되어 있는 여러 개의 비석 중 맨 뒤에 있는 가장 큰 비석 위에 패찰을 올려두고 멀찌감치 물러나 반야와 바닥에 앉았다.

"맞는 듯해. 기다려 보자고."

외수의 말에 시시가 뭉그적뭉그적 걸어오며 주위를 두리번거렸다.

"설마 여기가 귀살문의 본거지… 일까요?"

"후후, 그럴 리가. 당연히 아니겠지. 단순히 의뢰자 접선하는 곳으로 사용하는 장소일 거야."

"얼마나 기다려야 할까요? 오늘 밤에 나타날까요?"

"아마도! 확인하는 시간이 있을 테니 언젠가 그때가 되면 나타나겠지. 앉아, 힘 빼지 말고."

"네."

시시가 여기저기 기웃거리다 외수 옆으로 와 쪼그리고 앉았다.

그때 외수의 팔을 잡고 나란히 앉아 있던 반야가 눈을 껌뻑대며 말했다.

"공자님, 누가 와요."

"엥?"

반야의 말에 시시가 먼저 인상을 일그러뜨렸다.

"또 그 도둑 노인이에요?"

고개를 젓는 반야.

"아니에요. 똑같이 바쁜 움직임이긴 한데 다른 사람이에요."

외수가 주위에 집중하는 순간 능선 따라 늘어선 거대한 비석들 사이로 사람이 희끗희끗 나타나는 것이 보였다.

허겁지겁 정신없이 내달려오고 있는 모습.

"……?"

가만히 시켜보던 외수가 벌떡 일어섰다.

"사, 사하… 공?"

"네?"

외수의 반응에 시시도 덩달아 놀랐다. 사하공이라니?

그가 이곳에 왜?

외수는 자신의 눈을 의심하며 안력을 돋워 다시 한 번 확인을 했다.

초췌한 몰골로 쫓기듯 달려 내려오는 사람. 틀림없었다.

"맞아! 그야! 틀림없이 사하공이야!"

외수는 즉시 그를 향해 신형을 날렸다.

"영감!"

외수가 내지른 고함에 내딛던 걸음을 주춤대며 기겁을 하는 노인.

사람이 있을 줄 몰랐는지 무척 경계하는 모습이었다.

"영감, 여기서 뭐하고 있소?"

비석들을 뛰어넘어 단숨에 그의 앞에 이른 외수가 만면에 비릿한 웃음을 지어 반가움을 표시했다.

"너, 너는?"

"흐흣, 어디 갔나 했더니 여기 있었소?"

"네놈이 여긴 웬일이냐?"

"나야 볼일 보러 왔소. 영감은 여기서 뭐하는 것이오?"

"……?"

대답은 않고 놀란 눈을 아래위로 희뜩대며 외수를 보는 사하공.

그 사이 시시가 반야를 데리고 달려왔다.

"할아버지? 여기서 뭐하세요?"

시시를 본 사하공. 잠시 뭔가 생각을 하는 듯하더니 입술을 질끈 깨물고 느닷없이 외수의 손목을 덥석 움켜잡았다.

"잘됐다. 네놈 날 좀 도와줘야겠다."

"무슨 소리요? 돕다니?"

"일단 따라오너라!"

사하공이 끌자 외수가 원하는 대로 따라가며 거듭해서 물었다.

"무슨 일이오? 왜 이렇게 사색이 되었소?"

"시끄럽다! 급하니까 일단 따라오기나 해!"

사하공은 아예 외수의 손을 놓고 달려왔던 길을 앞서서 미친 듯이 뛰어갔다.

비석들을 지나고 송림과 대나무 숲을 헤치고 반대편 능선 너머로 나왔을 때, 아래쪽에 치열하게 싸우는 몇 사람이 보였다.

"어?"

외수가 당황해 멈춰 서자 사하공이 팔을 뻗어 가리키며 말했다.

"저기, 저 사람! 저 사람을 구해라!"

"……"

표정을 굳힌 채 싸우는 이들을 내려다보는 외수.

"뭘 해? 못 들었어? 저 늙은일 구하라니까!"

"영감, 그를 구해야 하는 이유가 무엇이오?"

"뭐?"

"그는 도둑이오."

"그, 그를 아느냐?"

"오는 길에 봤소."

"잘됐구나. 어서 그를 구해주어라!"

"저 영감과 어떤 관계요?"

"어떤 관계냐니? 지금 그게 중요해?"

"그는 도둑이라 하지 않았소. 저 여인들은 그를 잡으러 온 사람들이고."

"그래서? 그가 도둑이라 못 도와주겠단 것이냐?"

"나설 수 없단 뜻이오. 굉장히 중요한 것을 훔쳐 갔다고 했소. 그를 도우면 저 여인들은 어쩌란 말이오?"

"뭐야? 이런 꽉 막힌 녀석!"

반야를 데리고 뒤따라 달려온 시시도 싸우는 이들을 확인하고 놀라워했다.

"정말 그들이네. 이렇게 또 마주치다니. 거기다 사하공 할아버지까지. 대관절 이게 무슨 일이람?"

외수는 굳게 입을 다문 채 싸우는 이들을 다시 확인했다. 다섯 여인에게 포위된 채 악전고투를 펼치고 있는 도둑 노인.

이미 많이 당한 듯한데 대단히 민첩한 몸놀림 덕분에 겨우 버텨가고 있는 양상이었다.

애타게 같이 쳐다보던 사하공이 소릴 질렀다.

"잘 들어라, 이놈! 저놈이 지금 저런 곤경에 처한 건 나 때문이다. 그리고 네놈도 저 인간을 죽게 내버려 둬선 안 될 책임이 있다!"

슬그머니 돌아보는 외수.

"무슨 소리요?"

"저 인간이 과거 저들의 물건을 훔친 것은 맞다. 그런데 그가 훔친 그것을 내가 썼다."

"······?"

외수는 어젯밤 노인이 자기가 훔친 것을 누군가에게 주었고 이미 공중분해 되어 세상에 없는 물건이라 했던 말이 떠올랐다.

"난 그것으로 세 가지 무기를 만들었다. 그중 하나가 바로 지금 네가 들고 있는 검이다!"

"······?"

움찔하는 외수. 시시도 눈이 휘둥그레졌다.

외수는 자신의 검을 내려다보았다. 머릿속이 마구 엉키고 있었다.

"저 여인들에겐 미안하지만 일단 구해라! 구한 다음에 이야기하자!"

입술을 깨무는 외수. 검을 질끈 움켜쥔 채 내려다보다가 천천히 싸움 현장을 향해 돌아섰다.

그때 도둑 노인을 몰아치는 여인들의 고함 소리가 들렸다.

"송야은, 이 도둑놈! 내놓아라, 본 궁의 성물(聖物)이다. 네놈이 감히 우리 북해빙궁(北海氷宮)의 물건을 훔치고도 살아남을 수 있을 줄 알았더냐. 말해라! '빙정(氷晶)'은 어디 있느냐?"

"......?"

외수의 눈알이 튀어나올 듯했다.

"멈춰!"

『절대호위』 7권에 계속…

내일을 향해 쏴라

김형석 장편 소설

FUSION FANTASTIC STORY

1만 시간의 법칙!
'성공은 1만 시간의 노력이 만든다'는 뜻이다.

그러나…
사회복지학과 복학생 수.
전공 실습으로 나간 호스피스 병동에서
미지와 조우하다.

1만 시간의 법칙?
아니, 1분의 법칙!

전무후무한 능력이 수에게 강림하다!
맨주먹 하나로 시작한 수의
인생역전이 시작된다!

Book Publishing CHUNGEORAM

왕이 아닌 자유추구
WWW.chungeoram.com

북검전기

우각 新무협 판타지 소설

FANTASTIC ORIENTAL HEROES

2014년의 대미를 장식할,
작가 우각의 신작!

『십전제』, 『환영무인』, 『파멸왕』…
그리고,
『북검전기』

무협, 그 극한의 재미를 돌파했다.

북천문의 마지막 후예, 진무원.
무너진 하늘 아래 홀로 서고, 거친 바람 아래 몸을 숙였다.

살기 위해! 철저히 자신을 숨기고
약하기에! 잃을 수밖에 없었다.

심장이 두근거리는 강렬한 무(武)!
그 겉잡을 수 없는 마력이,
북검의 손 아래 펼쳐진다!

Book Publishing CHUNGEORAM

유행이 아닌 자유추구 -
WWW. chungeoram.com

독고진 장편 소설

FUSION FANTASTIC STORY

100마일
100MILE

160.9344km.
투수라면 누구나 던지고 싶은 공.

『100마일』

"넌 야구가 왜 좋아?"

야구가 왜 좋냐고?
나에게 있어 야구는 그냥 나 자신이었다.

가혹할 정도의 연습도,
빛나는 청춘도 바쳤다.
그리고 소년은 마운드에 섰다.

이건 역사상 최고의 투수를 꿈꾸는
어떤 남자의 이야기이다.

Book Publishing CHUNGEORAM